Maria Hertting

Dein Typ ist hier nicht gefragt

Schweitzerhaus Verlag
**Schrift * Wort * Ton
Karin Schweitzer**

Frangenberg 21 * 51789 Lindlar * Telefon 02266 47 98 211
eMail: info@schweitzerhaus.de

Copyright: Schweitzerhaus Verlag, Lindlar
Satzlayout und Umschlaggestaltung:
Karin Schweitzer, Lindlar
Illustrationen: Claudia Marquardt
Gedruckt in Deutschland
Papier FSC zertifiziert

Besuchen Sie uns im Internet:
www.schweitzerhaus.de
Auflage 2014

ISBN: 978-3-86332-032-4

Das Werk einschließlich aller seiner Teile ist urheberrechtlich geschützt. Jede Verwertung ist ohne Zustimmung des Verlags unzulässig. Das gilt insbesondere für Vervielfältigungen, Microverfilmung und die Einspielung und Verarbeitung in elektronischen Systemen.

Leben ist nicht genug, sagte der Schmetterling.
Sonnenschein, Freiheit und eine kleine Blume
gehören auch dazu!

Hans Christian Anderson

Inhalt

Kapitel 1	5
Kapitel 2	12
Kapitel 3	24
Kapitel 4	28
Kapitel 5	33
Kapitel 6	37
Kapitel 7	41
Kapitel 8	46
Kapitel 9	52
Kapitel 10	57
Kapitel 11	59
Kapitel 12	67
Kapitel 13	75
Kapitel 14	79
Kapitel 15	81
Kapitel 16	84
Kapitel 17	97
Kapitel 18	102
Kapitel 19	108
Kapitel 20	117
Kapitel 21	122
Kapitel 22	134
Kapitel 23	138
Kapitel 24	144
Kapitel 25	146
Kapitel 26	150
Kapitel 27	153
Vita	156

Kapitel 1

Fünf Wochen vor den Sommerferien, als ich schon dachte, das Schuljahr würde nichts mehr bringen, schlug die Bombe ein. Zuerst war ich wütend, später neugierig. An einem Mittwoch, in der dritten Schulstunde, betrat die Werkin, meine Lehrerin, zusammen mit einem schüchternen Ding die Klasse. Zuerst konnte ich nicht erkennen, ob es sich bei dem Wesen um ein Mädchen oder einen Jungen handelte. Die langen Haare sprachen zwar dafür, dass es ein Mädchen war, sonst aber gab es keine weiteren Hinweise.

Das Ding hielt seinen Kopf gesenkt. Und wenn ich gesenkt sage, dann meine ich gesenkt, und zwar um neunzig Grad. Ich konnte das Gesicht nicht erkennen. Kein Gesicht, keine eindeutige Zuordnung zu einem Geschlecht. Die Kleidung deutete auch nicht auf ein bestimmtes Geschlecht hin - ausgefranste Strickjacke, Farbe verwaschen. Zu besseren Zeiten vielleicht mal blau gewesen, jetzt konnte ich das nur ahnen. Ein Grauschleier hatte sich wie ein Schatten darübergelegt. Die Hose reichte dem Wesen nur bis an die dürren Knöchel. Sie war ebenfalls grau, diesmal aber echt grau, von schwerem Stoff und hatte eine Bügelfalte in der Mitte. Man stelle sich vor, eine Bügelfalte! So etwas hatte ich bis jetzt nur bei osteuropäischen Männern oder ganz reichen Säcken gesehen. Das Menschlein versteckte sich zwei Schritte hinter der Werkin, die Arme auf dem Rücken verschränkt. Dreiundzwanzig Augenpaare, meines inclusive, starrten Richtung Tafel.

«Das ist Yara», sagte die Werkin. Mit einer energischen Bewegung zog sie das zitternde Etwas aus ihrem Schatten heraus.

Die Frau sieht aus wie eine Walküre. Walküren sind weibliche Geistwesen aus der nordischen Mythologie, die sich die Leichen von den Schlachtfeldern holten, also Dämonen. Heute würde man sagen Zombies. Sie haben es den Männern damals so richtig gezeigt. Sie waren stark, groß und nicht immer hübsch. So muss man sich die Werkin vorstellen, mit einem besonders großen Schatten.

«Yara ist ab heute in unserer Klasse. Helft ihr bei der Eingewöhnung!», erklärte die Werkin.

Also doch ein Mädchen. *Schade*, dachte ich, *keine Verstärkung für mich. So, wie die dastand, war sie eine Loserin, ein Opfer.*

«In ihrem Heimatland herrscht Bürgerkrieg», erläuterte die Werkin. Ich hatte den Eindruck, dass sie das erste Mal eine Art menschliche Regung zeigte.

Wen interessiert das?, dachte ich. *Die Werkin will uns hoffentlich nicht die ganze Lebensgeschichte der Neuen auftischen.* Mein Verdacht bestätigte sich leider. Sie war noch nicht fertig.

«Yara musste fliehen. Sie hat in Syrien eine deutsche Schule besucht und spricht gut Deutsch. Das Leben hat es nicht gut mit ihr gemeint. Kümmert euch um sie!»

Da kann sie lange drauf warten, dachte ich, und ein Blick in die Klasse zeigte mir, dass die anderen genauso dachten wie ich.

Als unsere Lehrerin ihre Ansprache beendet hatte, schickte sie diese Yara ganz nach hinten in die letzte Reihe am Fenster, genau dorthin, wo ich saß. Shit. Das erste Mal bedauerte ich, dass ich keine Nachbarin hatte. Was sollte die Werkin auch tun? Das war der einzige freie Platz in der Klasse. Ich stöhnte. Jetzt hatte ich die Neue am Hals. Vielleicht wäre ich besser mit Yasmin gefahren. Die wollte am Anfang des Schuljahres unbedingt neben mir sitzen, aber ein Blick von mir, und sie zischte ab wie eine Rakete. Sitzt jetzt neben Melanie in der zweiten Reihe. Melanie stinkt immer wie ein Fass voller Gurken, irgendwie säuerlich. Jetzt bedauerte ich meine Entscheidung. Bei Yasmin hätte ich gewusst, woran ich bin: Girly-Zeitschriften und Comics, kein ernsthaftes Buch. Aber bei der Neuen? Was erwartete mich da?

Sie ging mit gesenktem Kopf, schaute weder nach rechts noch nach links. Unsere Augen klebten an ihr wie Spucke. Sowas von still war es in der Klasse. Echt krass. Bis auf Yaras Schritte hörte man nichts, absolut nichts.

Ich starrte die Neue an. Mein Blick sollte ihr gleich zu Anfang sagen: «Wenn du dich neben mich setzt, gibt es Ärger.»

Yara zögerte. Erst als die Werkin sie noch einmal aufforderte, setzte sie sich, aber nur auf die äußerste Kante des Stuhls. *Dein Glück,* dachte ich. Mein Blick hatte also gewirkt.

War ja klar, dass die Werkin meine Privatsphäre mit Füßen trat. Diesen Platz hatte ich mir heiß erkämpft. Den wollte ich mit niemandem teilen. Ich musste mir was ausdenken.

Komisch: Die Werkin war «blind und taub», erkannte Gerüche erst, wenn diese ihr quasi die Nase verätzten, aber den einzigen freien Platz in der Klasse übersah sie nicht. Eine Frechheit, diese Fremde neben mich zu setzen.

Die Neue grinste. Warum grinste die so? Ich fletschte die Zähne. Damit klar war, wer hier das Sagen hatte. Woraufhin das Mädchen einknickte und den Kopf schnell wieder senkte. Recht so. Aber ich hatte doch für einen Moment gesehen, was nicht zu übersehen war: schwarze Locken - so schwarz, wie ich noch keine gesehen hatte, hingen wild bis auf ihre Schultern herab. Echt ätzend. Der Teint der Fremden war dunkler als meiner, und das will schon was heißen, denn ich bin immer gut gebräunt, nicht so käsig, wie die anderen Mädchen in unserer Klasse.

Das war das Erste, was die Neue mir stahl: Meine Sonderstellung in der Klasse. Mal sehen, was noch folgte. Bis jetzt war ich stolz darauf gewesen, dass ich aus der Masse herausragte. Nun kam dieses Girl und war genau wie ich, ein Unikat.

Echt krass aber waren ihre Augen, groß und schwarz wie zwei Glasmurmeln. Das Licht spiegelte sich in ihnen, wie ein glitzernder weißer Halbmond.

Faszinierend. Meine Pupillen weiteten sich, aber das sah die Neue nicht, zum Glück. Sie hatte den Kopf zwischen die Schultern gesteckt. Es fehlte nicht viel und ihre Nase hätte ein Loch in ihre Brust gebohrt.

Ich ärgerte mich, dass ich an dem Mädchen Gefallen fand. Widerwillig gestand ich mir ein, dass diese Yara nicht so glatt und berechenbar war wie die anderen Hühner, die hier herumgackerten. Mit denen wollte ich auf keinen Fall befreundet sein. Lieber eine verdammte Einzelgängerin. Bis jetzt war ich immerhin gut damit gefahren. Nein, Yara war anders, etwas Besonderes, genau wie ich selbst. Könnte die eine Freundin sein?

Nicht gut.

Ich verwarf den Gedanken sofort wieder. Mit der würde es schwer werden. Die konnte nicht mal richtig Deutsch. Mit einer Freundin musste man sich unterhalten können. Und wie die aussah. Mein Aussehen war auch keine Massenware, aber immerhin trug ich Markenklamotten. Die Neue aber abgetragene Schuhe, geflickte selbstgestrickte Jacke mit Zopfmuster und dann diese Hose, die man sonst nur bei Obdachlosen sieht.

Das ging gar nicht!

Ich war einiges gewöhnt und nicht zimperlich, was das Äußere betrifft, aber das war dann doch zu viel. Diese Yara sah aus wie Oscar aus der Mülltonne. Könnte auch sein, dass sie einem Museum entsprungen war. Sie hatte fatale Ähnlichkeit mit einer Neandertalerin.

Es stimmte, ICH war anders, genau wie sie, aber eben anders anders.

Und dennoch faszinierte mich das Mädchen. Ich wollte wissen, wieso sie ständig so guckte, als wollte sie sagen: Ich bin nicht da, beachtet mich nicht oder: Könnt ihr mir verzeihen, dass ich auf der Welt bin?

Wieso tat sie das? Mir würde sowas nie einfallen. Ich kümmerte mich einen Scheiß um die Meinung der Anderen. Ich nahm sie bestenfalls zur Kenntnis, weiter nichts. Diese Neue aber machte sich unsichtbar, wo sie nur konnte.

Einerseits verachtete ich ihre Opferhaltung, andererseits bewunderte ich ihren Mut. Ich könnte nie in ein fremdes Land gehen, eine fremde Sprache lernen, unter fremden Menschen leben, alles hinter mir lassen, was ich kannte, was mir vertraut war. Das war schon ein starkes Stück.

Klar, dass ich alles versuchte, um der Neuen das Leben schwer zu machen. Sie durfte auf keinen Fall bemerken, dass ich sie heimlich bewunderte.

Yara aber schien immun gegen meine Gemeinheiten zu sein. Auch wenn ich mich noch so breit machte, die ganze Bank für mich beanspruchte, sie beschwerte sich nie. Stattdessen machte sie mir freiwillig Platz, rückte immer weiter von mir weg auf den Gang und saß fast schon in der mittleren Tischreihe. Noch ein Stück, und es knallte, weil sie mit der dicken Yvonne zusammenstieß.

Ich genoss meine Dominanz. Die Klasse respektierte mich. Auch die Neue kapierte schnell, wo ihr Platz war, viel zu schnell. Ich hätte mehr Widerstand erwartet, aber warum sollte ich mir den Kopf darüber zerbrechen? Sie war ein Niemand. Keiner beachtete sie. In den Pausen stand sie immer allein.

Ich war auch allein, drückte mich aber nicht wie Yara permanent in einer Ecke herum, sondern stand provozierend in der Mitte des Schulhofes, damit für alle klar war: Hier bin ich, und hier bleibe ich. Wenn ihr an mir vorbei wollt, müsst ihr einen Bogen um mich herum machen.

Ich senkte nicht den Kopf wie diese Yara, die ständig in der typischen Opferhaltung dastand. Niemals. Nur ein einziges Mal konnte ich in ihre Augen schauen – nämlich am ersten Tag.

Im Unterricht machte sie nie den Mund auf. Auf den Fluren drückte sie sich an den Wänden entlang. Wenn man sie ansprach, zuckte sie zusammen, antwortete nicht, ging einfach weiter. Die anderen Mädchen tuschelten hinter ihrem Rücken. Sie nannten sie «Loserin» und «Kakerlake». Die Jungen schnitten sie. Niemand hätte je gewagt, mich so zu nennen.

Ich merkte: Je mehr die Anderen sie ausgrenzten, desto näher kam sie mir. Sie machte mich neugierig, obwohl mir das nicht passte. Was war ihr Geheimnis? Wieso verhielt sie sich so? Warum suchte sie keinen Kontakt?

Ich wollte dahinter kommen. Es nervte tierisch, dass da jemand neben mir saß, an den ich nicht herankam, auch wenn ich mich noch so anstrengte. Sie schottete sich total ab.

Kapitel 2

Es stimmt, ich bin anders als meine Mitschülerinnen. So war ich schon als Kleinkind. Ich rage aus der Masse heraus. Ich bin der Exot in einer Ansammlung von Menschen, das rote Tuch für meine Lehrerin. Ständig laufe ich mit diesem Blick herum, der die Anderen warnen soll: «Sprich mich nicht an. Ich bin gerade nicht online.» Aber damit nicht genug. Ich kleide mich auch anders. Eigentlich suchen die Kleidungsstücke mich aus, nicht umgekehrt.

Manchmal fordern mich meine ausgefransten Jeans geradezu auf, sie anzuziehen. Oder der lange geblümte Rock und der Häkelpulli beklagen sich: «Jetzt sind wir mal dran. Lass die verdammten Jeans und T-Shirts im Schrank hängen.»

Von meinen Klamotten lasse ich mich gern inspirieren und beeinflussen, nicht aber von Modetrends und Witterung. Wenn mir der Sinn danach steht, komme ich bei 30 Grad mit langen Ärmeln in die Schule oder laufe bei Minusgraden barfuß im Schnee herum. So passiert letztes Jahr. Mich lässt das Gerede der Anderen kalt. Niemals schwimme ich mit dem Strom. Wenn Markenklamotten, dann sind sie meistens dreißig Jahre alt. Die klaue ich aus Mamas Schrank und kombiniere sie mit meinen eigenen. Bei allem, was ich tue, setze ich meinen persönlichen unverkennbaren

Stil. Ich will gesehen werden. Strebe den Wiedererkennungswert an.

Wo ich auftauche, sorgt meine Erscheinung für Aufsehen, und das ist gut so. Sie passt nicht in das übliche Bild, das sich jeder macht, wenn er an eine weibliche Jugendliche denkt. Weder habe ich ein Puppengesicht, noch benutze ich Make up. Meine Haare sind nicht gestylt, und eine Modelfigur habe ich schon gar nicht. Ich laufe nicht ständig kichernd durch die Gegend und benehme mich dem anderen Geschlecht gegenüber völlig natürlich. Ich trage kein Handtäschchen und habe auch keine Freundin im Schlepptau.

Ich sehe anders aus, rieche anders, spreche anders, benehme mich anders und bewege mich anders.

Auf den Stirnen der Menschen, die um mich herum sind, lese ich den Satz: Irgendwas stimmt nicht mit der.

Wenn die wüssten. Es lebe der Unterschied.

Ich will nicht aussehen wie alle anderen: Geklont wie die Girls auf den Modezeitschriften. Wer mich deshalb für einen Freak hält, hat nichts kapiert. Zumindest respektieren meine Mitschüler mich. Mehr will ich nicht. Sollen sie sich doch die Mäuler zerreißen und auf Abstand gehen. Das ist mir egal. Im Gegenteil, es ist mir sogar recht.

Ich lebe mit meinen Eltern in einem Haus im Speckgürtel von Berlin. Ich nenne es unser kleines Hexenhaus. Es hat grüne Fensterläden, rote Dachschindeln und altmodische Fenster und Türen. Rechts und links vom Eingang stehen zwei Rosenstöcke. Der eine blüht weiß, der andere rot. Schneeweißchen und Rosenrot, nennt

Mama sie. Der Garten ist unheimlich groß und verwildert, mit Äpfel- und Pflaumenbäumen auf der Wiese. Früher, versteckte ich mich dort, so oft es ging und freute mich, wenn Papa und Mama mich nicht fanden.

Mein Vater ist Studienrat, meine Mutter Journalistin. Ich habe keine Geschwister.

Mama sagte einmal: «Du reichst uns vollkommen. Zwei von deiner Sorte könnten wir nicht verkraften.»

Natürlich hat sie das nur im Spaß gesagt. Aber ich habe gelernt, dass immer ein Körnchen Wahrheit in dem steckt, was man so dahinsagt, wenn man jemanden necken will. Sie hat Recht. Ich bin ein wenig verrückt. Eigentlich bin ich froh, dass ich keine Geschwister habe. So musste ich die Liebe meiner Eltern niemals teilen.

Teilen ist ein Problem für mich. Außerdem kann ich sehr hartnäckig sein, wenn ich ein Ziel verfolge. Und mein Mund steht nur still, wenn ich schlafe, sagt jedenfalls meine Mutter. Ich glaube, da hat sie mal Unrecht. Ich rede sogar im Schlaf. Schon als ganz kleines Kind wollte ich den Dingen auf den Grund gehen und habe meine Eltern mit Fragen gelöchert, wie meine Mutter gern betont.

«Aber besser so, als einen stummen Fisch», meinte Papa.

Meine Eltern wechselten sich mit meiner Betreuung ab, damals, als ich noch klein war. Einer von beiden war immer um mich herum. Dieses Spiel trieben sie solange, bis ich in die Oberschule kam. Erst danach trauten sie sich, wieder voll zu arbeiten, nicht ohne sich vorher bei mir zu versichern, ob das denn okay für mich wäre.

«Meinetwegen hättet ihr das schon viel früher tun können», sagte ich.

Ich wuchs und wachse noch immer gut behütet auf, befinde mich sozusagen ständig in ihrem Dunstkreis. Sie nehmen sich viel Zeit für mich. Manchmal kann das ganz schön nervig sein.

Schon früh lernte ich, dass es in unserer Gesellschaft darauf ankommt, was ein Mensch leistet. Ich bin sportlich, spiele Klavier, besuche den Theater-Workshop meiner Schule und habe gelernt, gut auf mich selbst aufzupassen. Gefahren schätze ich richtig ein und verdiene mir mein Taschengeld teilweise selbst, indem ich Zeitschriften austrage.

«Damit du den Wert des Geldes schätzen lernst», sagte Papa. «Es kann nie schaden, frühzeitig auf eigenen Beinen zu stehen.»

Meine Freunde und Verwandten nennen mich Ulli. Eigentlich heiße ich Ulrike, aber diesen Namen hasse ich. Wer heißt heute schon Ulrike? Der Name ist ein Erbe meiner Großmutter mütterlicherseits.

«Musste das sein?», habe ich meine Mutter gefragt. «Warum habt ihr mich nicht gleich Elfriede oder Irmtraut genannt?»

Meine Großmutter ist lange vor meiner Geburt gestorben. Wieso trage ich ihren Namen? Ich kenne sie nicht mal, habe sie nie gesehen. Auch wenn Mama ständig betont, wie ähnlich ich ihr sehe, ist das noch lange kein Grund, dass ich auch so heißen muss.

«Was ist schon ein Name? Kannst dich ja Ulli nennen», fegte Mama meine Beschwerden einfach weg.

Ulli! Gar nicht schlecht, fand ich. Der Name ist zwar auch nicht moderner als Ulrike und eigentlich die Kurzform von Ullrich, also ein Jungenname, aber das macht nichts. Im Gegenteil, das ist gerade das Coole daran. Er ist so alt, dass kaum jemand ihn mehr kennt und deshalb auch keinen Anstoß daran nimmt, wenn ein Mädchen so heißt. «Ulli» passt gut zu mir.

Ich bin robuster als meine Mitschülerinnen, nicht so zuckersüß mit einem Sahnehäubchen obendrauf, wie die meisten in meiner Klasse. Ich trage weder rosa T-Shirts und Kleidchen, mit Riesenkulleraugenmädchen und -Pferden drauf, noch solche mit anderen Riesenkulleraugentieren. Stattdessen klettere ich auf Bäume und liebe Abenteuer. Im Kindergarten spielte ich meistens mit Jungen. Da war mehr los.

Zu meinem Bedauern gibt es kaum noch Abenteuer in meinem Umfeld. Alles ist wohlgeordnet und stabil. Die Jungen bleiben für sich, die Mädchen auch. Nur ich will mich keiner Gruppe von beiden zuordnen.

Manchmal erregt ein Mitschüler oder eine Mitschülerin meine Aufmerksamkeit, mehr nicht. Das sind alles nur Eintagsfliegen, keine Begegnungen von Dauer. Ich beobachte gern. Nicht ohne Grund habe ich mich in die letzte Reihe verkrochen. Hier gibt es immer was zu sehen. Von hier aus habe ich die ganze Klasse im Blick. Das gefällt mir. Was hier abläuft, ist spannender als jedes Videogame.

Einen Tisch vor mir sitzt Max. Max ist Computerfreak. Er kennt jeden Trick, hackt sich in jedes Netz. In der realen Welt aber versagt er. Ohne sein Smartphone läuft nichts. Unterm Tisch googelt er, wer weiß was, wenn er sich unbeobachtet glaubt: welcher Song in den Charts an erster Stelle steht, welcher Film gerade im Kino läuft, das Fernsehprogramm und vieles mehr. Er hechelt in Onlineplattformen den neuesten Klatsch durch und versteigert oder ersteigert unnützes Zeug in einem großen Auktionshaus.

Ebenfalls einen Tisch vor mir, jedoch in der mittleren Reihe, sitzt Mandy. Mandy ist zwar dumm wie Stulle, sieht aber gut aus. Damit ihr Aussehen immer auf dem höchsten Level bleibt, holt sie, wenn die Werkin nicht hinsieht, ihren Handspiegel aus der Tasche und schminkt sich die Lippen. Das tut sie fast in jeder Stunde. Manchmal pudert sie sich auch die Nase. Ich kann nie einen Unterschied zu vorher erkennen, aber ich hab' ja auch kein Auge dafür. Einmal hat sie sogar ihre Fingernägel lackiert. Die Frau schnallte wieder mal nichts. Erst als Mandy fertig war, fragte sie: «Was riecht denn hier so? Kommt mir vor wie Aceton. Riecht ihr das auch?»

«Nein», kam es aus dreiundzwanzig Kehlen. «Wir riechen nichts.» Woraufhin die Werkin aufgab und wieder zum Thema überging. Die glaubt auch alles, was man ihr sagt.

Am ersten Tisch, zwei Reihen vor Mandy, sitzt der dicke Lukas. Er ist immer hungrig, auch während der Stunde. Ständig liegt ein angebissenes Brot unter seinem Tisch. Sehen kann die Werkin es nicht, weil Lukas' Tisch direkt am Lehrertisch klebt. Da hat sie keine Chance, es sei denn, sie steckt ihren Kopf unter den Tisch, was sie natürlich nicht tut, denn sie ist nicht blöd. Das bisschen Respekt, das sie besitzt, will sie natürlich nicht auch noch verlieren. Das würde einen Lacher geben. Selbst ihr ist das klar, und darum unterlässt sie es lieber. Aber riechen muss sie das Knoblauchbrot doch. Es riecht ja wie in einer Dönerbude unter Lukas' Tisch. Aber vielleicht ist die Werkin geruchsblind. Das soll es ja geben, habe ich gehört. Wer nicht mal Nagellack riechen kann!

Auf meinem Beobachtungsposten gibt es noch mehr zu sehen. Einen besseren Platz konnte ich nicht finden.

Ali, Mohammed und Özgür, die größten Machos in unserer Klasse, zocken fast in jeder Stunde Karten. Ali sitzt am zweiten Tisch an der Tür und muss sich für das Spiel zu Mohammed und Özgür umdrehen, die am dritten Tisch sitzen. Noch nicht mal das schnallt die Werkin.

Die anderen Jungen in der Klasse benehmen sich wie Vorschüler. Die Spielchen, die sie treiben, wechseln mit den Jahreszeiten. Zurzeit kauen sie kleine Kügelchen aus Papier weich, gerade mal so groß, dass sie in einen dicken Strohhalm passen. Wer am weitesten blasen kann, dem kauft Ricardo in der Cafeteria entweder Chips, Cola, Zwiebelringe, Pizza oder andere geile Sachen. Das macht ihn nicht arm, denn seine Mutter gibt ihm jeden Tag fünf Euro mit in die Schule. Klar, dass die Jungen sich mächtig anstrengen. Manche treffen sogar die Tafel. Ricardo sitzt wie eine Spinne ganz hinten in der Türreihe und zieht die Fäden. Kinderkram.

Einmal landete eines dieser eingespeichelten Kügelchen auf meiner Jacke. Dort blieb es kleben. Igitt. Ich konnte den Schützen glücklicherweise identifizieren. Max, am ersten Tisch an der Tür, schoss diagonal durch den Raum bis zu mir. Und obwohl mir seine Leistung Hochachtung abverlangte, denn soweit hatte es bis jetzt niemand geschafft, durfte er natürlich nicht so davonkommen. Von Ricardo bekam er eine Cola, von mir zum Ausgleich eine geschallert.

Mit Max wurde ich leicht fertig. Er besteht nur aus Pudding, sieht auch so aus: Wie ein riesiger Wackelpudding. Ich hechtete mit einem Sprung über den Tisch, an der die schöne Mandy und Lisa sitzen, lief zwei Schritte zum Platz von Max, knallte dem Pudding eine, dass seine linke Backe ins Flattern kam und hechtete über den Tisch von Benjamin und Nicolas zurück auf meinen Stuhl.

Es ging so schnell, dass die Werkin, die gerade mit dem Rücken zur Klasse stand und irgendwas an die Tafel kritzelte, nichts davon mitbekam, weder von der Ohrfeige, noch von den Geschossen, die hin und her flogen und auch nichts von meinen Sprüngen. Die würde nicht mal merken, wenn es neben ihr brannte.

Ich liebe die Schule. Hier ist immer der Teufel los. Das ist es, was ich suche, was ich brauche. Action pur. Schade nur, dass wir nicht einen von diesen modernen Klassenräumen bekommen haben, einen mit einem White-Bord. Das wäre geil gewesen. Es gibt nur fünf an unserer Schule. Die Werkin, ich schätze sie an die Sechzig, hat freiwillig darauf verzichtet. Computer sind nicht ihr Ding, sagte sie. Ich tröste mich damit, dass man nicht alles haben kann. Muss ich eben weiter diesen dämlichen Kreidestaub schlucken.

Aber auch ich muss mich damit abfinden, dass es am späten Nachmittag ein Leben nach der Schule gibt. Den Frust darüber fahre ich mir immer öfter mit dem Fahrrad ab.

Selten hänge ich in meinem Zimmer ab. Das kann ich meinen Muskeln nicht antun. Die lechzen nach Sport. Wenn doch mal, dann genieße ich die einmalige gruftige Atmosphäre, die ich mir selbst geschaffen habe. Hier kann ich am besten abchillen.

Mein Zimmer ist keineswegs schön - eigenartig, einmalig, düster, eben gruftig aber nicht schön. Die Wände sind in dunklem Lila gestrichen. Ein Lila, das dunkler nicht sein könnte, also keine Mädchenfarbe. Weiß Gott nicht. Mein Metallbett ähnelt mehr einer mittelalterlichen Folterbank als einer Schlafgelegenheit. Ich habe alles Mögliche an die Streben gehängt: einen elektrischen Lockenstab, eine schwere Eisenkette mit Vorhängeschloss, einen Ledergürtel, eine Schere, eine Zange, diverse Haarnadeln in einem durchsichtigen Plastikbeutel, eine endlos lange Kette aus Büroklammern, ja, sogar einen Beutel mit Nägeln. So habe ich für den Fall alles griffbereit. Die Rückwand des Bettes besteht aus einer durchgehenden Metallplatte, hat also keine Streben. Sie ergibt ein wunderbares Memo-Bord für Briefe, Postkarten und Notizen auf kleinen bunten Zetteln, die von Magneten festgehalten werden.

Die Halloween-Bettwäsche in der Grundfarbe Schwarz mit weißen Spinnweben, Fledermäusen, Insekten, Ratten und Monstern lädt, außer mich, niemanden zum Sitzen und Träumen ein. Soll sie auch nicht. Alle anderen bekommen die Krätze, wenn sie sie nur anschauen. Ich habe mir die Bettwäsche von meinem Taschengeld gekauft. Musste lange dafür suchen. Mama war das erste Mal, als sie sie sah, einer Ohnmacht nahe. Dann stammelte sie was von «potthässlich».

Gegenüber dem Bett verströmt eine grüne Neonröhre schaurig schönes kaltes Licht von der Decke auf ein weißes Regal herab, den einzigen hellen Flecken, den es in meinem Zimmer gibt. Ich hätte das Regal gern schwarz gestrichen, dann hätte es sich aber nicht so schön von der lila Wand abgehoben, und ich wäre vermutlich immer dagegen gerannt, also musste es wohl oder übel weiß bleiben. Einziger Pluspunkt: Es leuchtet sattgrün, wenn das Licht der Lampe darauf fällt.

Das Fenster habe ich bis zur Hälfte mit silberner Folie beklebt. So gelangt nur wenig Tageslicht ins Zimmer. Die Folie spiegelt zum Ausgleich das Licht der grünen Neonröhre und verteilt es gleichmäßig im Raum.

Leider gibt es auch einen Schrank. Wo soll ich sonst meine Klamotten lassen? Der ist schwarz. Man kann ihn aber trotzdem nicht übersehen. Neon-Leuchtstifte markieren mit Pfeilen die Türen.

Der Schreibtisch am Fenster bricht fast unter einem Stapel von Büchern und Papieren zusammen. Das ist seine Bestimmung. Er soll sich ja nicht beschweren. Dafür ist er gemacht worden: Arbeit, Arbeit, Arbeit. Seine Farbe konnte ich schon beim Kauf nur ahnen. Er ist ein antikes Stück. Braune rundgeschwungene Beine quellen aus ihm hervor. Dies lässt darauf schließen, dass seine Deckplatte wohl auch braun sein muss. Vage erinnere ich mich daran. Ob es stimmt, erfahre ich erst, wenn ich mal aufräume.

Vor dem Schreibtisch steht ein schwarzer Drehstuhl. An der Wand darüber hängen etliche Fotos von mir. Eigentlich hasse ich Fotos. Auf denen verstecke ich mich allerdings hinter dicken Sonnenbrillen, schneide Grimassen oder habe meine Kapuze tief ins Gesicht gezogen. So komme ich einigermaßen cool rüber.

In der Mitte des Zimmers liegt ein flauschiger Teppich, klar, dass auch er schwarz ist. Ich bin das einzige Familienmitglied, das auf Schwarz steht. Meine Mutter hasst die Farbe, Papa hat überhaupt keine Meinung.

«Schade», sagte Mama mal. «Der Teppich könnte gemütlich sein, aber die Farbe!»

Was weiß sie denn schon?

Dieses Zimmer schluckt das Licht wie ein schwarzes Loch, und ich bin froh darüber. In einem Sarg könnte es nicht dunkler sein. Und dieser Gestank. Modrig und muffig, so, als hätte Graf Dracula beizeiten seine Muttererde in diesem Raum ausgekippt, bevor er geköpft und gepfählt wurde. Mir gefällt es. Deshalb habe ich wohl nie gelüftet. Einzigartig.

Niemand betritt mein Zimmer freiwillig, noch nicht einmal meine Eltern. Mein Vater geht nie über meine Schwelle, meine Mutter selten, eigentlich nur, wenn sie unbedingt muss, also bei akuter Gefahr. Ihr Kommentar lautet: «Es reicht mir, wenn einmal im Jahr Halloween ist. Das muss ich nicht jeden Tag haben.»

Ich kann die Abneigung von Mama und Papa nicht verstehen. Ich fühle mich sauwohl in meinem Reich. Im Moment spare ich für eine Vogelspinne. Das Terrarium habe ich schon.

Kapitel 3

Chemie bei der Werkin. Ätzend. Langweilig wie immer. «Atombau und Periodensystem». Ich habe das längst geschnallt. Die Mehrheit in unserer Klasse noch nicht. Das war jetzt die vierte Doppelstunde in der die Frau darauf herumritt. Und diese Yara neben mir, stumm wie ein Fisch, nahm mir die Luft zum Atmen.

Die Werkin stand an der Tafel. Sie hielt die Kreide wie einen Degen auf uns gerichtet. Einige machten sich ganz klein, sahen fast wie Yara aus. Mir war das zu blöd. Sollte sie mich doch rannehmen. Ich war vorbereitet.

«Was bedeutet das Wort *Periode*?», fragte sie.

Die Boys grinsten.

«Die Tage», schrie Benjamin in die Klasse und drehte sich Beifall heischend um.

Alles wieherte, nur ich und Yara nicht. Ich, weil ich fand, dass Benni der dümmste Mensch auf unserm Planeten ist, Yara, weil sie vermutlich wieder nur Bahnhof verstand.

Unsere Lehrerin klopfte mit dem Tafellineal auf das Lehrerpult.

«Ruhe!», brüllte sie in die Klasse. «Ich nehme nur ernsthafte Antworten entgegen und dann auch nur mit Meldung.»

Eine Horde Pubertierender. Um der Sache ein Ende zu bereiten, hob ich die Hand. Und siehe, die Werkin nahm mich dran. Kunststück. Ich war ja auch die Einzige, die sich meldete. Da dachte sie wohl: Besser die als keine.

«Eine Periode ist ein sich immer wiederholender Vorgang», erklärte ich.

«Sag ich doch, die Tage», brachte Benjamin sich noch einmal in Erinnerung. «Darum nennt man sie ja auch Periode.»

«Doch nur, weil die Monatsblutung sich in regelmäßigen Zeitabständen wiederholt», belehrte die Werkin.

Sie merkte wieder mal nicht, wie sie verschaukelt wurde. Gott, war die blöd.

«Sagt man deswegen Regel?», fragte Max scheinheilig.

«Deshalb sagt man auch Regel. Aber wir haben jetzt nicht Sexualkunde, sondern Chemie. Kann mir jemand sagen, welcher Vorgang sich in jeder Periode des Periodensystems der Elemente wiederholt?», fragte die Werkin.

«In jeder Periode wird eine neue Elektronenschale aufgebaut», schleimte Yasmin.

«Willst du uns das mal mit den Elementen der ersten Schale an der Tafel zeigen?»

Die Werkin hielt die Kreide hoch. Ich überlegte, was geschehen wäre, wenn Yasmin «nein» gesagt hätte. Die Werkin hatte ihr ja die Wahl gelassen. Yasmin aber dachte nicht daran, «nein» zu sagen. Sie erhob sich artig von ihrem Platz, zupfte an ihrer Bluse und ging nach vorn. Hatte ich auch nicht anders erwartet. Sie war die größte Schleimbacke der Klasse. Umständlich zeichnete sie den Atombau des Elements Wasserstoff und daneben den Atombau des Elements Helium an die Tafel, wobei ihre Kreise sicher nicht den ersten Preis im Schönzeichnen gewonnen hätten. Sie ähnelten mehr einem weichgekochten Ei als einem wohlgeformten Kreis. Beim Helium quietschte sogar die Kreide. Das ging mir auf den Zahn. Als sie fertig war, reichte sie die Kreide an die Werkin zurück.

«Warum hörst du auf?», fragte die.

Blöde Frage. Die Frau wusste genau, warum Yasmin aufhörte. Sie wollte zeigen, dass sie gelernt hatte. Und deshalb sprudelte sie auch gleich los wie eine Seltersflasche: «Nur die Elemente Wasserstoff und Helium haben eine Elektronenschale. Für die kommenden acht Elemente wird eine neue Schale aufgebaut. Sie stehen in der zweiten Periode des Periodensystems.»

«Richtig», lobte die Werkin.

Yasmin ging, sichtlich stolz, zurück auf ihren Platz. Dabei musste sie an Marks Tisch vorbei. Der streckte mal kurz sein Bein heraus. Weil sie aber damit gerechnet hatte, Mark tat das immer, wenn ein Schüler an ihm vorbeimusste, konnte sie den Sturz gerade noch abfangen. Das Geräusch aber nicht, das sie machte, als ihr Hintern ins Schwanken kam und an Marks Tisch abgebremst wurde.

«Etwas leiser, wenn ich bitten darf», maulte die Werkin.

Sie saß schon wieder an ihrem Pult und schaute durch ihre Brille auf ihre Aufzeichnungen.

Während Yasmin sich setzte, warf ich einen Blick zu Yara hinüber. Sie war gerade dabei, den Atombau der Elemente mit Bleistift in ihr Heft einzuzeichnen. Da sie keinen Zirkel besaß, benutzte sie für die Elektronenschalen folgende Münzen: einen Cent, zwanzig Cent und zwei Euro. Die Kreise hatte sie makellos hinbekommen. *Alle Achtung,* dachte ich. Während die Werkin gerade mal den Atombau von Helium mit Hilfe von Yasmin hinbekommen hatte, war Yara schon bei Magnesium, dem Element Nummer 12, angelangt.

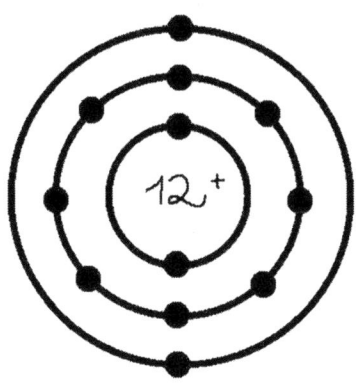

Kapitel 4

In meinem Kopf ging so einiges durcheinander. Diese Yara machte mich verrückt. Wieso saß ausgerechnet sie neben mir? Obwohl sie nicht blöd war, wie die Chemiestunde gezeigt hatte, machte sie im Unterricht nie den Mund auf. In der Biostunde war es ganz genauso.

Die Werkin – wir haben fast alle Fächer bis auf Sport, Musik und Kunst bei der Werkin – brachte Schnecken mit in den Unterricht, keine Nacktschnecken, sondern solche, die ihr Haus hinterherziehen. Hainschnirkelschnecken hießen die. Bis man den Namen ausgesprochen hatte, mutierte eine lahme Schnecke zu einer Rennschnecke. Die Werkin hatte sie aus dem eigenen Garten geholt, wie sie sagte. Ich stellte mir bildlich vor, wie sie auf den Knien herumgekrochen war und unter Blättern eine Schnecke nach der anderen eingesammelt hatte.

Sie bringt fast immer Viecher mit in den Unterricht. Experimentalunterricht nennt sie das.

Es begann mit dem Pantoffeltierchen. Als ich das Tierchen unter dem Mikroskop sah, wusste ich, warum es so hieß. Es sieht tatsächlich so aus wie der Hausschuh meiner Großmutter. Unsere Mikroskope liefen heiß, denn in einem Heuaufguss gibt es Tausende von Einzellern. Die Werkin kennt sie alle mit Namen. Glockentierchen sehen aus wie winzige Kirchenglocken, die nicht läuten können. Rädertierchen ähneln fatal kleinen Wagenrädern. Wechseltierchen heißen so, weil sie ihre Form verändern können. Sie werden auch Amöben genannt und würden jedem Horrorfilm alle Ehre machen, die kleinen Schleimmonster. Heimtückisch umfließen sie ihre Nahrung, um sie anschließend zu verdauen. Alle diese Tiere ernähren sich von faulendem Blumenwasser oder verstecken sich in einem Heuhaufen und kommen nur raus, wenn man Wasser draufgießt.

Weil ich ein Mikroskop zu Hause habe, versuchte ich es mal mit dem Heu von unserm Kaninchen, stank aber nur. Gesehen habe ich leider nichts.

Zu Ostern waren wir bei den Wasserflöhen angelangt, die eigentlich kleine Krebse sind. Mit ihren riesigen schwarzen Augen und den kleinen Fühlern am Kopf sehen sie richtig süß aus. Manche hatten Eier hinten am Rücken, nicht im Bauch, wie ich vermutete. Bei diesen Krebsen ist alles anders als bei uns. Einige Krebsmamas hatten lebende Junge in sich drinnen, die sich sogar bewegten. Wohlbemerkt, in ihrer Mama drinnen. Die Krebse sind nämlich durchsichtig. Da kann man sehen, was innen drinnen passiert. Ein schwarzer Punkt zuckte rhythmisch hin und her – natürlich das Herz. Ich kam mir vor, als hätte ich Röntgenaugen. Krass.

Wir hatten die Aufgabe, sie ins Bio-Heft zu zeichnen, selbstverständlich noch im lebenden Zustand. Ich hatte Mitleid mit den süßen glubschaugigen Tieren und wollte nicht schuld sein, dass ein Krebs unter meinem Mikroskop qualvoll verbrannte, schon gar nicht eine Mama, die drei Eier oder Junge in sich drinnen hatte. Dann wären ja mit einem Schlag vier Tiere gestorben. Deshalb warf ich die Krebse, wenn sie fast am Abkrepeln waren, zurück ins Becherglas mit Wasser, das die Werkin auf ihrem Pult stehen hatte. Ich dachte, sie könnten sich erholen, während ich mir neue herausfischte. Meine Vermutung traf zu. Sofort ruderten die Zurückgeworfenen lebhaft mit den Vorderfüßen auf und nieder, als wollten sie sich bei mir bedanken.

Sie hatten sich leider zu früh gefreut. Irgendein Depp saugte sie mit der Pipette wieder auf. Seine Mikroskop Lampe gab ihnen dann den Rest. Sie verdampften einer nach dem anderen. Am Ende der Stunde waren die Krebse mit ihren Babys alle tot, das Wasser im Becherglas eine einzige Brühe.

Bio ist in meinen Augen ein anderes Wort für Tierquälerei. Eigentlich kann man an einer Abbildung genug erkennen. Aber nein, die Werkin steht auf dem Standpunkt, dass man die Viecher lebend sehen muss.

«Das ist anschaulicher», sagt sie.

Als die Krebse *vorbei* waren, begann sie mit den Regenwürmern. Die Mädels riefen «Iiih». Die Jungen, allen voran Ricardo, spielten Dr. Frankenstein. Sie schnitten die Würmer mit der Rasierklinge in zwei Teile und freuten sich, wenn beide Enden sich weiterbewegten. Tun sie aber nicht immer. Man muss eine bestimmte Stelle treffen. Wenn das nicht klappt, lebt nur ein Teil weiter, der andere hat Pech gehabt.

Jetzt, kurz vor den Ferien, waren die Schnecken dran. Die Werkin geht systematisch vor. Sie beginnt mit den niederen Tieren und arbeitet sich nach und nach hoch bis zum Menschen.

«Der Mensch ist auch nur ein Tier», sagt sie.

Ich finde, da hat sie ausnahmsweise mal Recht. Manche benehmen sich auch so. Am Jahresende, also so um Weihnachten herum, in der Neunten, werden wir die Säugetiere erreicht haben. Die letzten Stunden im Januar sind für den Menschen reserviert.

Im Moment sind wir also noch bei den Schnecken. Ich wartete darauf, was heute passieren würde. Immer zwei, die nebeneinandersaßen, bekamen eine Schnecke. Sie steckte in einer Petrischale.

Die Werkin verteilte Salat, wahrscheinlich auch aus ihrem Garten. Ist schon komisch. Als der Salat im Garten wuchs, durften die Schnecken ihn vermutlich nicht fressen. Jetzt gab sie ihnen das Zeug freiwillig.

«Ihr dürft die Tiere nicht stressen, dann könnt ihr sie beim Fressen beobachten», sagte sie mit ihrer kräftigen Stimme.

Yara tauchte mit ihrem Schädel fast in die Schnecke ein. Aber es passierte nichts. Unsere Schnecke wollte nicht fressen. Kunststück: Ich bekomme auch keinen Bissen herunter, wenn man mich dabei beobachtet. Dann sollte die Schnecke über eine Rasierklinge laufen. Ich wollte ihr das ersparen, weil ich dachte, sie würde danach in zwei Teile gespalten. Yara aber nahm die Schnecke aus der Petrischale. Ehe ich noch reagieren konnte, setzte sie sie auf die Rasierklinge und hielt diese senkrecht in die Höhe. Ich schloss die Augen. Die Neugier trieb mich dazu, sie wieder zu öffnen. Die Schnecke hatte keine Wahl, wenn sie nicht herunterfallen wollte, musste sie über die Schneidefläche der Rasierklinge laufen wie über eine Bergspitze. Als ich schon dachte: Jetzt gibt's Schneckensalat, sah ich, wie die Schnecke den Gipfel erreicht hatte und ganz gemütlich auf der anderen Seite der Klinge wieder herunterlief, ohne sich wehzutun. Es dämmerte mir. Der Schleim schützte sie.

Yara hatte das gewusst. Sie tat so, als ob sie meine bewundernden Blicke nicht sah, zeichnete eine perfekte Schnecke in ihr Heft und beschriftete alle Körperteile.

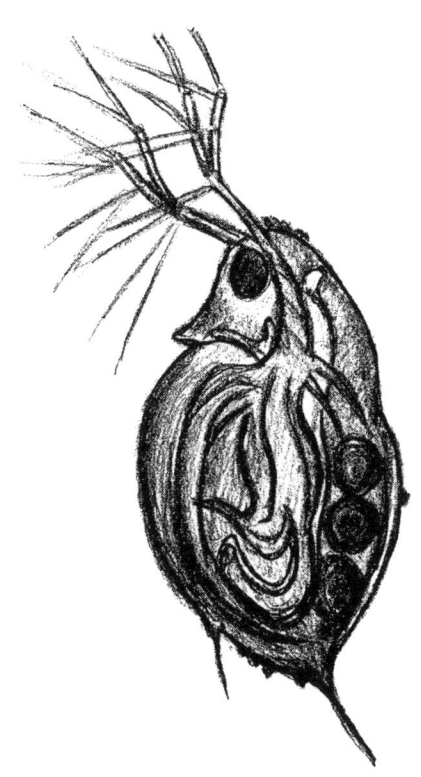

Kapitel 5

Yara wurde immer geheimnisvoller. Ihre schriftlichen Leistungen waren in allen Fächern sehr gut. Mündlich trat sie nie in Erscheinung. Bei mir war es genau umgekehrt.

Neulich auf dem Schulhof kamen Florian, Sascha und Ingo aus der 9b auf mich zu – sie sprechen sonst nie mit mir - und fragten mich: «Wer ist denn die Tussi, da hinten?» Sie zeigten auf Yara. «Gehört die hierher? Sieht nicht so aus.»

«Hört mir mit der auf!», stöhnte ich gefrustet. Die sitzt neben mir. Kommt aus Syrien.»

«Ach ´ne Asy», sagte Ingo, wurschtelte mit seinen dicken Fingern eine Sicherheitsnadel von der Seitentasche seiner Jeans ab und pulte die Reste seines Salamibrotes aus den Zähnen.

Treffer.

Freudig erregt hielt er die Nadel hoch und zeigte seinen Kumpels, dass er fündig geworden war. Das halbe Frühstück hing an der Nadel. Ekelgefühle kamen in mir hoch.

«Was guckste so?», blaffte er mich an. «Das ist besser als'n Zahnstocher.»

Ich dachte mir meinen Teil.

Von den Dreien kann ich eigentlich nur Florian einigermaßen ertragen und auch nur, weil unsere Eltern miteinander befreundet sind. Den andern Beiden möchte ich nicht im Dunkeln begegnen.

Also sagte ich: «Viel Spaß noch Jungs.» Und entfernte mich.

In der Cafeteria sah ich sie wieder. Sie standen in der Schlange direkt hinter Yara. Das interessierte mich nicht besonders. Meine Aufmerksamkeit wurde allerdings geweckt, als ich bemerkte, wie Ingo die Neue anrempelte. Als sie sich zu ihm umdrehte, sagte er so laut, dass ich es fünf Meter weiter noch hören konnte: «Was willst du hier bei uns? Geh nach Hause. Dein Typ ist hier nicht gefragt.»

Yara sagte, wie immer, nichts dazu. War ja klar. Die Drei warteten so lange, bis sie bestellt hatte und ihre Cola bekam, dann drängten sie sich an ihr vorbei, immer um Körperkontakt bemüht. Anscheinend wollten sie nur Stunk machen und gar nichts kaufen. Ich dachte: Was für blöde Typen. Yara beeilte sich, von ihnen wegzukommen. Da schnellte Saschas Bein nach vorn. Yara bemerkte es zu spät und fiel lang hin. Das Getränk, das sie sich eben hatte geben lassen, flog drei Meter weit und hinterließ auf dem Fußboden eine riesige Pfütze. Zum Glück war niemand in der Nähe, der die Cola abbekam, selbst Yara blieb davon verschont. Ging auch nichts zu Bruch, weil es ein Pappbecher war. Grölendes Gelächter. Heulend rannte Yara aus der Cafeteria.

Ich fand das Verhalten der Drei unter der Gürtellinie. Sich an einem Mädchen, das fast einen Kopf kleiner war als sie zu vergreifen, Asylantin oder nicht, das war so ziemlich das Allerletzte. Meine persönlichen Differenzen mit Yara mal dahingestellt. Aber das hatte niemand verdient.

Ich bin in einem Elternhaus aufgewachsen, das mir Toleranz gegen jedermann beigebracht hat. Als die Drei Yara so behandelten, fühlte ich mich, als hätten sie mich so behandelt. Das ging gar nicht, fand ich. Ich bin bestimmt kein Freund der Neuen, aber das ging entschieden zu weit.

Also passte ich die Drei ab, als sie die Cafeteria verlassen wollten.

«Fühlt ihr euch nun aufgewertet, weil ihr ein kleines Mädchen geärgert habt?», fragte ich.

Ingo kniff seine Augen zusammen. Das gab ihm einen gefährlichen Ausdruck. Seit Neuestem hatte er einen kahlgeschorenen Schädel. Vielleicht sollte ich Florians Eltern mal stecken, mit wem sich ihr Sohn so rumtrieb.

«Bist du die Polizei?», fragte Sascha und sah mich unverschämt an. Sascha hat die Größe eines Zwerges. Er hat schon mal eine Ehrenrunde gedreht, und es ist fraglich, ob er das Klassenziel dieses Mal erreicht. Falls es so ist, kann ich nur hoffen, dass er nicht in unsere Klasse kommt. Er ist ein Schwächling, der aber gefährlich werden kann, wenn man ihn unterschätzt und unangenehm, wenn man auf seine Größe anspielt. Stark fühlt er sich nur, wenn Ingo bei ihm ist.

«Bin ich nicht», sagte ich ungerührt, «aber wenn jemand sich an Schwächeren vergreift, klingeln meine Alarmglocken.»

«Ich finde, irgendjemand muss der Wanze den Weg aus unserm Pelz zeigen, sonst nistet das Ungeziefer sich hier noch ein.», sagte Ingo.

«Yara ist bestimmt nicht meine Freundin. Im Gegenteil. Ich bin nicht glücklich darüber, dass sie neben mir sitzt. Was ihr mit ihr gemacht habt, ist allerdings nicht mein Stil. Solltet ihr sie in meinem Beisein noch einmal belästigen, zeige ich euch, was eine Harke ist.»

Zur Unterstreichung des Gesagten warf ich den Dreien meinen bösesten Blick zu.

«Jetzt hast du uns aber Angst gemacht», grinste Ingo. Florian, der Feigling sagte natürlich nichts.

«Sollt ihr auch haben», rief ich ihnen nach und entfernte mich. Mir machten die keine Angst.

Hinter meinem Rücken hörte ich sie tuscheln. Ich gab mir Mühe, so gerade wie möglich zu gehen und drehte mich nicht ein einziges Mal zu ihnen um.

Kapitel 6

Sport bei Neumann. Neumann ist ein Despot. Er schikaniert uns, wo er eine Gelegenheit findet. Besonders die, die sich nicht zu wehren wissen, greift er mit seinen Machosprüchen an. Manchmal haben wir Vertretung bei ihm, wenn die Kobbe, unsere Sportlehrerin krank ist. Dann unterrichtet er beide Gruppen: die Mädchen und die Jungen.

Ich finde seinen Unterricht, abgesehen von den Sprüchen, die echt ätzend sind, sehr erfrischend. Ich messe mich gern mit den leistungsstarken Jungs. Immer dieses Schwebebalkengeturne, die Bodenküren und den Stufenbarren von der Kobbe stehen mir bis sonstwo. Ich will Kraftsport.

Auch jetzt im Sommer war es nicht besser. Während die Jungen Leichtathletik von der feinsten Art betrieben, mussten wir Mädchen uns mit Ballwerfen und Gymnastik begnügen.

Neumann fasste uns härter an als die Kobbe Da es aber ein warmer Sommertag war, mussten wir nur zwei Runden um den Platz rennen, sonst sind es vier. Zwei Runden: Was ist das schon? Da bin ich noch nicht mal warm, aber ich bin ja kein Maßstab. Die ersten Mädels, unter ihnen Mandy, fielen schon nach dreihundert Metern um, wie die Kegel.

Mandy stöhnte, als läge sie in den letzten Zügen und der Neumann hätte sie abgemurkst.

Wenn es klappte, drückte sie sich vorm Sport und saß mit einer fadenscheinigen Entschuldigung ihrer Mutter auf der Bank. Ihre Fingernägel könnten ja abbrechen. Bei Neumann hatte sie schlechte Karten. Der durchschaute das Spiel.

«Dahinten, die Damenriege, weiterlaufen! Schwingt eure Keulen.»

Er setzte seine Pfeife an den Mund, lief voran und gab den Takt an.

Mir war dieser ganze Mädchenkram zu langweilig. Am liebsten wäre ich zehn Runden ums Stadion gelaufen. Das hätte ich locker geschafft. Ich übertreibe nicht.

«Los, los! Immer zackig, meine Damen!», heizte Neumann unseren Schönheiten weiter ein.

Yara lief mit dieser Gruppe zusammen. Ich sah, dass sie sogar Mühe hatte, dran zu bleiben. Eine Runde schaffte sie, dann ging ihr die Puste aus. Während sie in allen anderen Fächern glänzte, und mich platt machte, sodass ich schon an mir zweifelte und mich heimlich fragte, ob mir nicht ein paar Gehirnzellen fehlten, war sie im Sport eine Niete aber eine echte. Jetzt stolperte sie auch noch über ihre eigenen Füße. Das sah zu komisch aus.

Neumann trieb sie an: «Madame! Aufgestanden. Quer durch den Balkan rennen und auf den letzten Metern schlapp machen, das haben wir gerne. Immer in Übung bleiben.»

Diese Ratte, dachte ich. *Dem ist auch nichts heilig.* Wäre ich an Yaras Stelle gewesen, der hätte was zu hören bekommen. Natürlich kam wieder mal nichts von Yaras Seite, außer vornehmes Schweigen. Stattdessen raffte sie sich auf und lief weiter. Sie war die Letzte, die ins Ziel kam. Sogar die dicke Yvonne lief noch vor ihr ein. Auch beim Weitsprung gab es keinen Punkt für sie. Zweimeterneunzig. Da springt ja der kleine Michi aus meiner Nachbarschaft weiter und Michi ist Vier.

Das sah Neumann natürlich auch und nahm sie sich noch einmal vor: «Ich hätte gedacht, da wo du herkommst, wird Sport groß geschrieben. Wenn man ständig um sein Leben laufen muss, weil die Granaten rechts und links einschlagen.»

Hatte der Mann sie nicht Alle? Wie kann man einem Menschen - einem Kind - so etwas sagen?

Ich merkte, wie Yara sich Mühe gab, nicht loszuheulen. Wenn sie mir auch Leid tat, das ewige Geheule nervte. Es wäre besser gewesen, richtig auf den Tisch zu hauen.

Ich wollte ihr eigentlich nicht beistehen, aber der Neumann machte mich krank. Also sagte ich ohne zu überlegen, welche Konsequenzen das für mich und meine Note haben könnte und in einem schnippischen Ton: «Woher wissen Sie denn, was diese Menschen durchgemacht haben?»

Ich kannte zwar auch nur die Bilder aus den Zeitungen und dem Fernsehen, aber das reichte mir schon.

«Nicht frech werden!», schrie mich der Typ an und scheuchte mich gleich noch zweimal um die Bahn. Na und! Es machte mir nichts aus, was er mir wahrscheinlich ansah, deshalb zwang er mich anschließend, noch zwanzig Kniebeugen zu machen. Das schaffte ich ebenfalls mit Leichtigkeit.

Als er merkte, dass er bei mir an die Falsche geraten war, weil ich mir nichts gefallen ließ, nicht klein zu kriegen war und ihm keinen Triumpf gönnte, gab er auf. Eins hatte ich allerdings erreicht. Yara war aus seinem Schussfeld.

Sie schaute einmal kurz zu mir rüber. Die wollte mir doch wohl kein dankbares Lächeln schenken. Ich schaute grimmig zurück, um sicherzustellen, dass sich meine Einstellung ihr gegenüber nicht geändert hatte. Gleich fand sie wieder in ihre Opferhaltung zurück: Kopf gesenkt, Augen niedergeschlagen.

Kapitel 7

Kunst bei Frau Michaelis, meiner Lieblingslehrerin. Aus einem CD-Player ertönte meditative Musik. Wir saßen entspannt an unseren Tischen. Es war ganz leise in der Klasse. Die Stille tat mir gut. Alle Schüler beugten sich tiefenentspannt über ihre Kunstwerke.

Frau Michaelis ging von Tisch zu Tisch, sagte zu Mandy einige freundliche Worte, diskutierte mit Ali, obwohl man mit dem nicht diskutieren kann. Mit dem muss man nämlich tacheless reden, jedenfalls ich und alle anderen müssen das. Nicht aber Frau Michaelis. Die findet immer die richtigen Worte. Auch Yara und mich lobte sie ausgiebig. Ich bekam eine Gänsehaut.

Ihre Stimme ist eher leise, nicht aufdringlich und trifft genau den richtigen Ton, sehr angenehm in Höhe und Volumen. Sie klingt nicht ängstlich, schrill oder gar genervt, sondern völlig relaxed.

Wir setzten die Aufgabe, die wir in der Woche zuvor begonnen hatten, fort. Immer zwei Schüler sollten an einem Bild arbeiten und es grundieren. Wir konnten uns die Farbe aussuchen. Vier gab es zur Auswahl: Gelb, Rot, Blau oder Grün. Frau Michaelis hatte dicke Pappe im Format DIN A2 mitgebracht.

Ich entschied mich für Blau. In der letzten Woche war Yara noch nicht in unserer Klasse gewesen. Also grundierte ich mein Bild allein. Inzwischen war es getrocknet und strahlte in azurblau.

Am Ende der letzten Stunde bekamen wir eine Hausaufgabe. Das ist in Kunst noch nie vorgekommen. Wir sollten innerhalb einer Woche Dinge des täglichen Lebens sammeln. Bedingung: Die Farbe, die wir gewählt hatten, musste auf den Gegenständen dominieren. Alles war erlaubt: Verpackungen, Stoffe, Papier, Schulmaterial, Haushaltsgegenstände und vieles mehr. Aus dem Material und dem grundierten Bild sollten wir eine Collage anfertigen.

Ich hatte in der letzten Woche wie eine Besessene alles Blaue gesammelt: einen blauen Kugelschreiber, eine blaue Haarnadel, ein blaues Tuch, einen blauen Topfkratzer, eine blaue Wäscheklammer, eine blaue Käseschachtel, ein blaues Einkaufsnetz, blaue Knöpfe und noch viel mehr.

Diese Gegenstände sollten wir heute so auf der Pappe aufkleben, dass man das Thema erkennen konnte.

«Meer», sagte ich zu Yara.

Kurz und knapp, denn ich hatte keine Lust, lange Erklärungen abzugeben. Ich ging davon aus, dass sie einverstanden war.

Yara nickte. Wenigstens etwas. Sie kramte in ihrer Schultasche und brachte noch einige blaue Dinge zum Vorschein. Besonders die blaue Wolle in verschiedenen Tönen konnten wir gut gebrauchen, obwohl ich überlegte, warum Yara Wolle in ihrer Schultasche mitschleppte. Egal.

Wir legten zuerst alle Gegenstände auf den Untergrund. Man konnte etwas Abstraktes darstellen oder etwas Reales. Wieder sprach Yara nicht. Stumm ordnete sie die Gegenstände mehrfach um, drückte hier in Form, schnitt da ein wenig ab, bis sie zufrieden war. Zuletzt entstand ein schönes Bild. Ich war überrascht. Es sah wirklich aus wie ein Meer.

Ich ließ sie machen, denn ich mag zwar meine Kunstlehrerin, bin in Kunst aber eine Niete. Ich genieße es, wenn Frau Michaelis redet, wenn sie von Bank zu Bank geht, wenn sie mir über die Schulter schaut. Sie riecht so gut nach Seife, ihre Stimme ist hell und klar wie ein frischer Morgen. Sie lächelt fast immer und kritisiert nie. Jedem Einzelnen gibt sie Tipps zur Verbesserung seiner Arbeit. Mir haben diese Tipps oft geholfen, mich zu verbessern. Ich bin jede Stunde mit Eifer dabei, aber zu mehr als zu einer Drei hat es auf dem Zeugnis bis jetzt nicht gereicht.

Am Ende der Arbeit sollten die Partnergruppen ihr Bild der Klasse vorstellen. Das blieb natürlich an mir hängen. Yara zu fragen, hätte nichts gebracht. Ich ging also nach vorn und sagte: «Stellt euch vor, ihr seid ein Taucher. Das würdet ihr alles auf dem Meeresboden sehen.» Ich zeigte auf das Bild, das ich senkrecht in die Höhe hielt. «Diese Knöpfe mit den Wollschnüren sind in Wirklichkeit Fische. Auch einige Seepferdchen und Tintenfische kann man erkennen. Auf dem Boden befinden sich Pflanzen, die durch das blaue Wasser türkisfarben leuchten. Die Schachteln sind Felsen. Und wenn ihr genau hinschaut, könnt ihr die Wellen sehen, die sich wie ein Netz darüberlegen.»

Die Klasse applaudierte. Das hatte sie bei mir noch nie getan. Auch alle anderen Partnergruppen stellten nacheinander ihre Kunstwerke vor.

Frau Michaelis ließ die Mitschüler abstimmen. Vier Bilder sollten für einen Kalender fotografiert werden, von jeder Farbe eins. Von den blauen Bildern bekam unseres den Zuschlag.

Benjamin und Nicolas gewannen mit ihrer Collage «Sonnenuntergang». Eine glutrote Sonne thronte am Horizont. Erst bei genauerem Hinsehen, erkannte man eine Scheibe aus gefaltetem Krepppapier, die zwischen zwei Holzstäbchen klebte. Auseinandergeklappt sah sie aus wie ein Fächer. Da der Hintergrund mehr ins Orange ging, hob sie sich gut vom Himmel ab. Ein Apfelsinennetz, in kleine Teile geschnitten, bedeckte das obere Drittel des Bildes wie ein Schleier, der vom Wind zerrissen worden war. Wolken im Blutbad der Sonne. Allerlei Verpackungen stellten im unteren Drittel des Bildes die Skyline einer Großstadt dar.

Das gelbe Bild hatten Yasmin und Melanie gestaltet. Es hieß «Wüstensturm». Die helle Sonne schien in Form eines großen perlmuttfarbenen Knopfes vom gelblichen Himmel herab. Ich konnte die Hitze förmlich spüren -.Weißglut, gleißend hellglänzendes Licht. Die Sanddünen entstanden aus zerschnittenen Tetrapacks, sandfarben, gelb und orange. Für den Sandsturm hatten die Mädels Kleber auf dem Papier verteilt und darauf echten Sand gestreut.

Das grüne Bild hieß «Wald». Mohammed und Özgür hatten es gezaubert. Es gab insgesamt zehn verschiedene Grüntöne, von zartem Gelbgrün bis hin zu dunklem blaugrün. Die Jungs hatten viel mit weichem Material gearbeitet, das sie in eine längliche Form gebracht hatten. So waren Bäume entstanden, die sich in Farbe und Gestalt unterschieden. Lianen aus grüner Wolle hingen vom oberen Bildrand herab und vertieften den Eindruck eines Urwaldes zusätzlich. Die Baumkronen erstrahlten in hellen Tönen, während sich die grüne Farbe nach unten hin vertiefte. Ich war beeindruckt. Soviel Sensibilität hätte ich unseren Machos nicht zugetraut.

«Ihr habt gewählt», sagte Frau Michaelis. «Keine leichte Aufgabe. Selbst mir wäre die Auswahl schwergefallen, denn alle Bilder hätten es verdient, besonders gewürdigt zu werden. Diejenigen, die nicht gewonnen haben, bekommen aus diesem Grunde einen Platz an der Bilderleiste unserer Klasse.»

So ist Frau Michaelis. Jedem Schüler schenkt sie ein gutes Wort. Ich hatte den Eindruck, dass unser Bild von ihr besonders gewürdigt wurde, aber das ging anderen wahrscheinlich genauso. Wenn ich sage unseres, dann meine ich meins und Yaras. Das Lob gebührte zwar mehr Yara als mir, denn ich hatte nur grundiert und die Sachen angeschleppt. Und dennoch wuchs ich förmlich vor Stolz. Einmal stand auch ich im Fokus von Frau Michaelis.

Kapitel 8

Es wurde immer merkwürdiger. Je mehr die anderen Yara mobbten, desto interessanter wurde sie für mich. Irgendwann konnte ich es nicht mehr aushalten und sprach mit Mama über die Neue. Ich machte es ganz geschickt. Erst habe ich ein wenig von Frau Michaelis geschwärmt, die echt abgefahren ist und von unserer Collage, dann, so nebenbei, habe ich Mama erzählt, dass wir seit mehr als einer Woche eine neue Schülerin haben, die die Werkin blöderweise genau neben mich gesetzt hat.

Ich spreche oft und gern mit Mama. Sie ist eine gute Zuhörerin. Manchmal gibt sie mir Ratschläge, aber nur, wenn ich darum bitte. Nie mischt sie sich in meine Angelegenheiten ein. Sie ist auch nicht sauer, wenn ich ihren Rat nicht annehme. Manchmal tue ich es, manchmal nicht. Wenn man von dem Namen «Ulrike» absieht, den sie mir in einer schwachen Minute verpasst hatte, ist Mama ein echter Kumpel. Deshalb interessierte mich auch ihre Meinung im Fall Yara. Obwohl ich mein Interesse an Yara geschickt verpackte, wusste Mama gleich, woher der Wind weht.

Und als ich sie fragte: «Was würdest du an meiner Stelle tun?», antwortete sie: «Wenn dich Yara so interessiert, wird es Zeit, dass du sie ansprichst. Finde heraus, was euch verbindet.»

Ich hab' dann noch so ein bisschen rumgedruckst und gesagt, dass ich Yaras Verhalten eigentlich ziemlich dämlich finde aber wissen wolle, warum sie so tickt, wie sie tickt. Dass sie mich auch sonst interessiert, habe ich abgestritten. Mama hat daraufhin gelacht und gesagt: «Egal, woher dein Interesse kommt. Es ist da, und du musst es ernst nehmen.»

War nicht die schlechteste Idee, mal nachzuhaken. Worauf wartete ich? Brannte ich nicht förmlich darauf, Yara näher kennenzulernen, ihre Geschichte zu hören? Also, warum dann nicht gleich jetzt? Ich war doch sonst kein Feigling. Irgendetwas an dieser Yara machte mir Angst, lähmte mich. Ich weiß nicht genau, was es war, aber ich wollte es herausfinden. Heute schien mir der geeignete Tag dafür.

Betont lässig schlenderte ich von meinem Platz in der Mitte des Schulhofes zur hintersten Ecke, dorthin, wo Yara mit einer Scheibe Brot in der Hand am Zaun klebte, den Kopf gesenkt wie immer, und das Abenteuer begann.

«Hi, Yara», sagte ich, als ich vor ihr stand.

Yara zuckte zusammen, als hätte ein Alien sie erschreckt. Sie stolperte einen Schritt zurück. Dabei rammte ihr Hintern in der Geschwindigkeit eines fahrenden ICEs den Maschendrahtzaun hinter ihr. Der spuckte sie ebenso schnell wieder aus. Input gleich Output. Wie ein Geschoss schnellte sie nach vorn und landete in meinen Armen. Ausgerechnet in meinen Armen. Alter Schwede. Ich konnte ein Grinsen nicht unterdrücken. Zu ungeschickt, die Neue.

Yara starrte mich an, als wollte sie nicht glauben, dass ich eben mit ihr gesprochen hatte, dann gab sie sich einen Ruck, befreite sich aus der unfreiwilligen Umarmung, zupfte verlegen an ihrem Faltenrock herum, der ihr gerademal bis kurz über den Hintern reichte und quälte sich ein Lächeln ab.

Diesmal grinste ich zurück. «Auch wenn du noch so ziehst. Der Rock wird nicht länger! Ich will nur mit dir quatschen, wo wir doch Banknachbarn sind, aber das eben war der Hammer. Wenn ich dich trainiere, kannst du dich nächstes Jahr für die Trampolinmeisterschaften anmelden.»

Sie verstand natürlich nichts von dem, was ich sagte. Ich unterbrach mich und musterte Yara ausgiebig. «Frage mich, warum du in den Pausen immer allein in der Ecke herumhängst?»

Yara antwortete mit wenigen Worten und einem schnippischen Unterton, den ich ihr nicht zugetraut hätte, in einwandfreiem Deutsch: «Du stehst auch allein.»

«Na so was, du kannst ja reden!» Ich riss meinen Mund soweit auf, dass Yara meine makellos weißen Zähne bewundern konnte. Meine Eltern haben darauf geachtet, dass ich sie regelmäßig putze. Ich bin ihnen dankbar dafür. Und als Yara sich wieder in der Gewalt hatte, fuhr ich fort: «In der Klasse machst du nie den Mund auf.»

«Ich hab' Angst», kam es eingeschüchtert zurück.

Ach, sieh mal an, schon ist's vorbei mit dem Selbstbewusstsein, dachte ich. Laut wollte ich das nicht sagen, sonst verunsicherte ich sie womöglich noch mehr. Also musste ich mir etwas Unbefangeneres ausdenken: «Angst vor den hohlen Gänsen?»

Yara zog die Augenbrauen hoch. «Hohle Gänse?»

Also war ihr Deutsch wohl doch nicht so vollkommen, wie ich erst dachte. Die fiesen Gemeinheiten unserer Sprache beherrschte sie noch nicht.

«Ich meine die Zicken aus unserer Klasse», erklärte ich genauer. Und als sie noch immer nichts peilte, wurde ich noch um eine Potenz deutlicher: «Na, die Mädels meine ich.

Yara verzog das Gesicht zu einem Lächeln. «Zicken, Gänse. Nicht schlecht.»

«Siehst du, und deshalb stehe ich in der Pause allein. Die sind mir zu blöd.»

Der Blick, den Yara mir zuwarf, war echt bühnenreif. Konnte ich da einen Anflug von Bewunderung erkennen?

«Du hast keine Angst?» Es war mehr eine Feststellung als eine Frage. Und wieder dieser Blick von ihr. Mir wurde heiß und kalt zugleich.

Ich rückte etwas näher und zeigte auf eine Gruppe von Mädchen, die gerade schwatzend und kichernd an uns vorbeigingen. «Vor denen? Nicht wirklich.»

«Ich habe bemerkt.»

War ich so durchschaubar? Egal, wenn ich nicht die ganze Pause damit vertrödeln wollte, mich mit ihr über die anderen Mädchen in der Klasse zu unterhalten, musste ich mal zum Punkt kommen. Shit. Es musste raus.

«Was machst du heute Nachmittag?», fragte ich ganz harmlos. Jetzt war die Katze aus dem Sack. «Nachhilfe in Deutsch brauchst du ja nicht mehr, wie ich feststelle.»

«Ich wohne bei Onkel und Tante. Sie sprechen Deutsch mit mich. So kann ich besser lernen, sagen sie.»

«Finde ich gut. Aber es heißt ‚mit mir'», verbesserte ich.

«Na dann eben mit mir. Deutsch ist für mir sehr schwer.»

«‚Für mich'. Jetzt heißt es ‚mich'», sagte ich.

«Siehst du, was ich meine», stöhnte Yara.

Ein Wort ergab das andere und ganz unmerklich waren wir in ein unverfängliches Gespräch geglitten. *Die kann ja locker sein,* dachte ich. Also machte ich ihr Mut: «Das wird schon.» Ich klopfte auf ihre Schulter. Das mit dem Gespräch hatte prima geklappt. «Musst Geduld haben», tröstete ich sie und wurde neugierig. «Ist dein Asylantrag schon bewilligt worden?»

«Ich darf so lange bleiben, wie bei uns Krieg ist.»

Es klingelte zur Stunde.

«Na, das ist doch was. Ich gebe dir nachher meine Adresse. Willst du?

«Was?»

«Na, zu mir kommen.»

«Gern.»

«Dann bis heute Nachmittag um 17 Uhr.»

Wir mussten in die Klasse zurück. Das erste Mal gingen wir nebeneinander. Für Yara war es eine Premiere. Noch nie hatte ich sie zusammen mit jemand anderem die Klasse betreten sehen. Sie ging neben mir wie ein Schatten, leise und unaufdringlich, so als hätte sie schon immer zu mir gehört. Ich bemerkte, dass sie einen halben Kopf kleiner war als ich und viel dünner. *Wahrscheinlich ist in ihrer Heimat das Essen knapp,* dachte ich.

Ich freute mich. Und wie ich mich freute. Ich war ganz aus dem Häuschen vor Freude, wie meine Mama sagen würde. Das erste Mal hatte ich jemanden gefunden, der ein klein wenig war wie ich und doch ganz anders, eben etwas Besonderes. Ich wollte alles über die Fremde wissen. Dass Yara meine Freundin werden würde, das stand für mich so fest, wie die Tatsache, dass ich sie heute Nachmittag sehen würde. Ich konnte es kaum erwarten.

Kapitel 9

Ich lief zum Kühlschrank. Wollte mir ein Mineralwasser holen. Ich suchte wie eine Bekloppte, die Kühlschranktür weit geöffnet, fand aber keins. Mama kam. Wie ein Gespenst stand sie plötzlich hinter mir. Ich hatte sie nicht kommen gehört. Mit der Nase stieß sie mich drauf. Die Flasche lag auf der obersten Ablage, genau in meinem Sichtbereich. Weiß der Geier, warum ich sie nicht gesehen hatte!

«Sei nicht so nervös», mahnte Mama, ging zurück zum Herd und rührte wild in ihrem Topf herum. *Selber*, dachte ich.

«Ich nervös?» Ich schaute auf die Küchenuhr über der Tür. Die ging genau. Kunststück: funkkontrolliert. Es war 15 Minuten vor siebzehn Uhr. Eigentlich 16 Minuten vor. Noch eine viertel Stunde bis Yara kam.

«Dass du uns aber nicht störst», ermahnte ich Mama.

Sie lachte und schwang drohend ihren Kochlöffel. «Das haben wir schon tausendmal besprochen. Sei ganz locker. Du tust so, als käme die Queen zu Besuch.»

Ich hasste es, wenn sie so mit mir sprach, so von oben herab, mich verarschend. Ich wusste selbst, dass ich heute etwas von der Rolle war.

Aber half mir dieses Wissen?
Nein.
Was, wenn Yara mein Zuhause blöd fand?

Wenn dieser Luxus sie niedermachte und der volle Kühlschrank sie ansprang? Was, wenn sie überhaupt nicht hierher fand?

Scheiß Wohlstand.

Endlich klingelte es an der Haustür.

Schüchtern, wie immer, stand Yara im Flur. Sie bekam wieder mal ihre Klappe nicht auf. Bevor die Mutter dumme Fragen stellen konnte, schob ich Yara schnell die Treppe hinauf in mein Zimmer und knallte die Tür hinter uns zu.

Empört steckte Mama den Kopf zur Tür herein. «Musst du das ganze Haus demolieren?» Sie lachte, und ich merkte genau, dass sie nur provozierte. In Wirklichkeit war sie neugierig.

«Raus!», brüllte ich und tat so, als wenn ich sauer war.

Mama schnitt eine Grimasse. Meine Hand langte nach dem Kopfkissen. Mit voller Wucht warf ich das Kissen nach ihr. Mama war schneller und schlug die Tür von der anderen Seite zu. Das Kissen prallte an der geschlossenen Tür ab und landete auf dem Boden.

Endlich allein.

«Na, was sagst du?», fragte ich und hoffte, dass Yara angewidert das Gesicht verziehen würde, so wie meine Mutter, wenn sie meine «Gruftihöhle» betrat. Das ist der Name, den Mama meinem Zimmer gegeben hat.

«Schön», sagte Yara leise und emotionslos.

Hatte sie nicht mehr auf Lager? Warum schön? Ich war enttäuscht. Das einzige, was mein Zimmer nicht ist, ist schön. Es soll auch nicht schön sein. Alles Schöne hasse ich. Na ja, fast alles. Yara hasse ich nicht.

«Setz dich», sagte ich, als Yara noch immer

wie ein Fremdkörper in der Mitte meines Zimmers stand und deutete auf mein Bett. Sah ich da Entsetzen in ihren Augen? Endlich, wurde auch Zeit. Sie ließ sich aufs äußerste Ende fallen, aber das kannte ich ja schon von ihr. Ich grinste schadenfroh. Also gruselte sie sich doch ein bisschen, von wegen schön.

«Noch weiter und du kannst den Boden aufwischen», lachte ich. Yara kam ein wenig näher, aber nur minimal.

Ihr Blick klebte an der gegenüberliegenden Wand.

«Gefällt dir wohl nicht, meine Bude.»

«Nein, ist gut. Eigenartig und fremd, aber gut», sagte sie schnell, damit kein falscher Eindruck entstand.

«Bist wohl was anderes gewöhnt? Ich hab' heute nur deinetwegen gelüftet.»

«Anderes gewöhnt? Was weißt du schon?», seufzte sie plötzlich, und es klang so traurig, dass ich nachhakte.

«Erzähle mir von dir.»
«Wieviel Zeit hast du?»
«So viel du willst.»
«Ich habe schwere Zeit hinter mir.»
«Ich habe es in den Nachrichten verfolgt. Muss ein Scheißleben gewesen sein, immer in Angst vor Granaten und Raketen.»

Yara blieb drei Stunden. In diesen drei Stunden erzählte sie mir fast alles vom Bürgerkrieg in ihrem Land. Jetzt war mir schlagartig klar, warum Yara so erwachsen aussah, warum sie immer an der Wand entlangging, warum sie sich duckte und so tat, als wäre sie nicht vorhanden. Ich an ihrer Stelle hätte versucht, mich umzubringen.

Seit drei Jahren tobte der Krieg in Syrien. Drei Stunden redete Yara sich den ganzen Mist von der Seele. Dreimal unterbrach ich sie. Meistens aber hörte ich zu, fasziniert, erschüttert, geschockt und voller Wut im Bauch.

Zwischendurch weinten wir beide und hielten uns an den Händen. Yara sprach sehr langsam und suchte oft nach Worten. Ich half ihr, wo ich konnte. Am Ende waren wir still, beide. So hatte ich mir das nicht vorgestellt.

Bis jetzt hatte mich das Schicksal der Flüchtlinge nicht sonderlich berührt. Wieder ein Krisenherd im Osten, na und? Einer von vielen. In Deutschland gibt es Probleme genug. Warum sich noch mehr aufbürden? Reichte es nicht, dass wir die Flüchtlinge ertragen mussten? Was sollten wir uns noch mit deren Problemen auseinandersetzen?

Die Begegnung mit Yara veränderte alles. Plötzlich hatten die Probleme, die Schrecken ein Gesicht, Yaras Gesicht. Ich konnte sie nicht einfach wegdenken oder verdrängen. Es waren Yaras Probleme, also wurden sie auch zu meinen. Und als ich jetzt in Yaras Augen blickte, sah ich den Krieg wie in einem Spiegel in ihnen wüten.

Umständlich kramte ich in meiner Hosentasche nach einem Taschentuch: «Hier. Siehst furchtbar aus. Putz dir die Nase», sagte ich mit rauer Stimme und reiche ihr das Tuch.

«Du auch!», erwiderte Yara.

Lautstark schnäuzte sie sich die Nase.

«Gib her!», konterte ich und schnäuzte in dasselbe Taschentuch hinein.

«Wir Freunde?», fragte sie in ihrer naiven Art.

Ich überlegte kurz, dann sagte ich: «Wo ich doch jetzt fast alles von dir weiß. Ich freue mich auf dich. Ich glaube, das mit uns könnte klappen.»

Yara ist vollkommen anders als ich, aber so interessant, dass das Abenteuer, das ich suchte, wahr werden könnte.

Kapitel 10

Die Frage, ob Deutschland Asylanten aufnehmen sollte oder nicht, beantwortet jeder nach seiner Erziehung, Bildung, seinem Charakter und seiner sozialen Herkunft unterschiedlich. In der Masse hat dieser Einzelne keine Meinung mehr, da zählt einzig der Druck, den die Masse auf ihn ausgeübt.

Ich wusste vor kurzem noch nicht einmal, wie man das Wort «Asylant» schreibt, auch hatte ich nur eine vage Vorstellung von seiner Bedeutung. Seit ich Yara kenne, weiß ich definitiv, dass «Asylant» bedeutet: «Du musst durch die Hölle gehen.»

Yara ist in ihrem Heimatland durch die Hölle gegangen, war auf der Flucht, selbst hier in Deutschland. Meine Gedanken drehen sich um Rache. Wenn ich könnte, würde ich die Verantwortlichen für diesen Krieg gemeinsam in einen Käfig sperren und zwar so lange, bis sie zur Vernunft kommen. Aber das würde nicht reichen, um die Gespenster aus Yaras Kopf zu vertreiben, damit ihr Albtraum endlich ein Ende findet.

Was konnte ich tun, um ihr zu helfen? Selbstbewusstsein stärken? Vielleicht. Sicherheit und Geborgenheit vermitteln? Auch nicht schlecht. Für mich ist all das selbstverständlich, wie das Recht auf Bildung. Ich verschwendete nie einen Gedanken daran. Yara kannte all das nicht.

Ich wollte für Yara da sein, ihr bei den Hausaufgaben helfen, Zeit mit ihr verbringen. Ich unterhielt mich stundenlang mit ihr, hörte ihr zu, gab Ratschläge, tröstete. Wir kauften zusammen Klamotten, die meine Eltern bezahlten. Sie aß bei uns. Manchmal blieb sie über Nacht.

Yara hat mich verändert. Ich bin nicht mehr so direkt und verletzend. Ich bin ausgeglichener und ruhiger geworden. Ich versuche die Menschen zu verstehen, auch solche, die nicht meinem Ideal entsprechen. Ich bilde mir kein vorschnelles Urteil. Ich bewerte und kritisiere nicht mehr radikal. Seit ich Yara kenne, hat das Wort «Krieg» eine neue Bedeutung für mich bekommen.

Ich verfolge alles, was ich in den Medien finden kann. Der Bürgerkrieg in Syrien hat schon 150.000 Tote gefordert, insgesamt befinden sich 6,5 Millionen Menschen auf der Flucht. 2,9 Millionen haben in den Nachbarländern rund um Syrien Zuflucht gefunden. 76.000 Asylanträge wurden in Deutschland gestellt. Bis jetzt konnten aber nur 20.000 Flüchtlinge aufgenommen werden. Vor kurzem waren das nur Zahlen. Nun bekommen diese Zahlen ein Gesicht. Jeder Einzelne von diesen Asylanten trägt Yaras Gesicht. 56.000 Yaras, die zwar Anträge gestellt haben, aber bis heute auf ihre Aufnahme hoffen.

Yara hatte Glück. Sie hat Verwandte in Deutschland und bekam ein Bleiberecht, weil ihre Familienangehörigen sich verpflichteten, für ihren Lebensunterhalt aufzukommen. Yaras Onkel hatte dieses Glück nicht. Ihm droht die Abschiebung.

Kapitel 11

«Soll ich dir zeigen, wie das Leben im Lager ist?», fragte Yara.

Shit, dachte ich. Eigentlich wollte ich das Elend nicht sehen. Bisher lebte ich in meinem gut bürgerlichen Viertel, abgeschirmt von den Problemen anderer. Klar, habe ich was im Fernsehen gesehen. Das hat mich schon betroffen gemacht.

Was für Zustände.

Wie die Menschen leben müssen.

Unmöglich.

Aber das war weit, weit weg. Am anderen Ende der Welt. Das tangierte mich nur oberflächlich, ging nicht unter die Haut. Direkt vor einem Asylantenheim habe ich nie gestanden. Ich hatte Angst.

«Muss das sein?», fragte ich.

Yara runzelte die Stirn. «Das musst du sehen. Sonst kannst du nicht verstehen.»

Vor dem Durchgangslager herrschte reges Treiben. Das Leben spielte sich überwiegend im Freien ab. Wo sollte man auch hingehen?

Der milde Winter hatte den Frühling gar zu schnell herbeigerufen, der sich nun unmerklich in den Sommer hineinschlich.

Es wurde gefeilscht und gehandelt, wie auf einem orientalischen Basar. Auf den Rasenflächen campierten ganze Familien. Ihre Gesichter spiegelten das Leid wieder, das sie erfahren hatten. Ihre Sprache klang fremd. Ich konnte keine Bezüge zur deutschen Sprache erkennen. Ich fühlte mich unwohl, weil ich nichts verstand.

Die Frauen trugen lange weite Gewänder. Ihre Köpfe waren in bunte Tücher gehüllt, die nur das Gesicht freiließen. Weinende Kinder hingen in ihren Armen oder schauten mit Riesenaugen ins Leere.

Die Männer saßen in Gruppen beieinander. Der Geruch von billigen Zigaretten hing in der Luft. Ich hatte den Eindruck, sie stritten miteinander, so laut redeten sie und unterstrichen das Gesagte mit wilden Gesten. Eindeutige Rollenverteilung. Das machte mich wütend. Anscheinend ein Tag, wie jeder andere. Ein ganz normaler Alltag.

Einen Steinwurf vom Lager entfernt sah ich drei Jugendliche, lässig an eine Hauswand gelehnt. Sie redeten laut miteinander. Ab und zu drängten Menschen an ihnen vorbei, die sich gegen die raumfüllende Präsenz der Drei ihren Weg in das Lager bahnten. Jedes Mal, wenn das geschah, verzogen die Gesichter der Jungen sich zu einem schadenfrohen Grinsen.

Der Größte fiel durch seinen kahlgeschorenen Schädel und seine militärischen Schuhe auf. Ein Skin? Er deutete auf eine Gruppe von Männern, Frauen und Kindern in einfachen Kleidungsstücken. Die Frauen hatten derbe, von harter Arbeit gezeichnete Gesichter. Die Männer waren unrasiert, was auf eine lange Reise schließen ließ. Die Kinder quengelten und ließen sich nur widerstrebend mitziehen. In billigen Taschen und Koffern transportierten die Menschen ihr ganzes Hab und Gut.

Der Junge mit der Glatze drängte sich nach vorn. Er spuckte in hohem Bogen auf die Straße, direkt vor die Füße der Ankommenden. Ich war geschockt. Der Zweite, etwas kleiner, starrte auf seine verwaschenen Turnschuhe und versenkte seine Hände in seinen notdürftig geflickten Jeans. Der Dritte stand unbeteiligt dabei. Ich hatte den Eindruck, dass ihm das Verhalten seiner Freunde unangenehm war.

Ich ging näher heran. Plötzlich wusste ich, wer sie waren, Ingo, Florian und Sascha.

«Siehst du das auch? Das sind die Drei, die dich in der Cafeteria geärgert haben. Der Kleine hat schon mal eine Ehrenrunde gedreht. Scheinen nicht die Schlauesten zu sein. Am besten, du beachtest sie nicht», sagte ich zu Yara, um die Situation zu entschärfen. Aber ich wusste, dass es viele von diesen Typen gab, die ihr und den anderen Asys das Leben schwer machten.

«Deutsche denken, wir wollen nur ihr Geld», sagte Yara. «Sie hassen uns.»

«Quatsch, wir hassen euch nicht», protestierte ich.

«Du vielleicht nicht, aber schau mal dorthin.»

Ich wandte mich wieder der Szene zu. Die Drei hatten uns anscheinend noch nicht bemerkt. Ich schnappte einige Brocken auf. Es war die Rede von: «Die wollen sich nicht anpassen. ... Die wollen unsere Sprache nicht lernen. ... Wer soll die alle ernähren? ... Die haben selbst Schuld an ihrem Elend. ... Die Behörden kontrollieren nicht richtig, ob die überhaupt berechtigt sind.»

«Du darfst die Blödmänner nicht so ernst nehmen. Ich sagte ja schon, dass sie wenig in der

Birne haben. Der Blonde, der sich bis jetzt zurückgehalten hat, heißt übrigens Florian. Eigentlich ist der ganz nett. Die anderen beiden kenne ich nur vom Sehen. Wunderte mich neulich schon, dass Flori einen Glatzkopf zum Freund hat.»

«Meinst du den, der so gut aussieht?»

«Gut? Na ja, das ist Geschmackssache.»

«Wollen wir hineingehen?»

«Ins Lager?» Ich schüttelte den Kopf, aber Yara zog mich zum Eingangsbereich. Widerstrebend betrat ich den völlig überfüllten Warteraum. Die Menschen saßen teilweise auf dem Boden. Sie hatten kleine Zettel in der Hand.

Nummer 385 leuchtete auf einer elektronischen Anzeigetafel. Ein Mann und eine Frau mit einem Säugling im Arm, erhoben sich und verschwanden hinter einer Tür. Die Anderen saßen stumpfsinnig und warteten darauf, dass ihre Nummer aufgerufen wurde.

Menschen, degradiert zu Nummern, kam es mir in den Sinn.

Yara bewegte sich auf die einzigen beiden freien Stühle zu.

Sie drängte mich: «Setz dich!»

Protestierend nahm ich auf dem kalten Kunststoffstuhl Platz und ließ meinen Blick schweifen. Mir gegenüber saßen zwei Schwarze. Sie starrten ins Leere, daneben eine Familie: Vater, Mutter und ein Mädchen im Vorschulalter, ganz in der Ecke eine Frau, die ein Kleinkind im Arm hielt. Es war vor Erschöpfung eingeschlafen. Die Mutter hatte es in eine dünne Decke gehüllt. Man konnte nur das Gesicht erkennen, das ab und zu zuckte. Schmutzige abgewetzte Taschen standen auf dem Boden. Dicht am Fenster reckte eine Yukapalme ihre traurigen Blätter zum Licht hin. Einige waren schon gelb. Zahlreiche Risse breiteten sich, ausgetrockneten Flusstälern gleich, auf der Blumenerde aus. Ich konnte förmlich hören, wie der Topf nach Wasser schrie. In dieser knochentrockenen Erde steckten mindestens zwanzig Zigarettenstummel.

Widerlich.

Eine dicke Frau mittleren Alters suchte eine Steckdose für ihren Tauchsieder. Schließlich fand sie eine neben dem Eingang, dicht über dem Boden. Sie ging mit dem Topf hinaus, vermutlich aufs Klo, um Wasser zu holen, kam nach einiger Zeit wieder und stellte den gefüllten Topf auf den Boden, dicht neben die Steckdose. Umständlich stöpselte sie den Stecker ihres Tauchsieders in die Dose ein und versenkte die Spirale im Topf. Ich war anscheinend die Einzige, die es registrierte. In aller Seelenruhe öffnete sie eine weitere Tasche, entnahm dieser ein Glas mit Kaffeepulver und füllte je zwei Teelöffel in zwei bereitgestellte Tassen. Das Ganze wirkte so grotesk, dass ich, obwohl es so traurig war, einmal laut auflachte. Ich besann mich aber und stoppte das Lachen. Ein kleines Mädchen klebte mit seinem Blick an mir. Niemand in diesem Raum sprach Deutsch. Ich kam mir verloren vor, wie eine Fremde im eigenen Land. Yara musste es am Anfang ähnlich ergangen sein, nur mit dem Unterschied: Sie befand sich wirklich in einem fremden Land.

Verdammt, dachte ich. *Jetzt sitze ich hier, eingekeilt von Asylanten.*

Es roch nach Armut und billigen Zigaretten. Das Wasser im Topf kochte. Schwerfällig erhob sich die Frau von ihrem Stuhl und ging zum Wassertopf. Sie schaukelte wie ein Schiff im Sturm. Bei dem Body kein Wunder. Umständlich entfernte sie den Tauchsieder aus dem Topf, legte ihn zum Abkühlen auf den Boden und goss das heiße Wasser in die beiden Tassen. Eine reichte sie ihrem Mann, die andere nahm sie selbst. Wild pustete sie und noch gieriger trank sie.

Eklig.

«Lass uns gehen!», bettelte ich. Mir war seltsam zumute. Ich konnte die Tränen kaum mehr zurückhalten. Ich, wo ich sonst nie heule. Kann mich nicht erinnern, wann es zum letzten Mal vorgekommen ist. Muss wohl noch ein Kleinkind gewesen sein.

Yara aber blieb hart. «Erst, wenn wir das ganze Lager gesehen haben.»

Das hatte ich nun davon. Ich durfte mich nicht beklagen. Ich war es gewesen, die ihr Selbstbewusstsein gestärkt hatte. Sie stand auf. *Auch egal,* dachte ich, wischte mir verstohlen über die Augen und schlich hinter ihr her.

Das Lager war in kleine Wohnblöcke aufgeteilt, die gerade renoviert worden waren. Überall roch es nach Farbe. Die Blöcke waren durch kleine Straßen miteinander verbunden. *Wie eine Ministadt,* dachte ich. *Nein, wie ein Ghetto,* verbesserte ich mich. Die Straßen hatten Namensschilder und die Blöcke Nummern. Die Zimmer in den Blöcken waren etwa so groß wie mein Kinderzimmer, aber viel niedriger. Jeder Block hatte acht Zimmer. Man konnte von außen in die Räume hineinschauen. Die Fenster waren weit geöffnet, wohl, weil man sonst kaum Luft bekam. Links und rechts an den Wänden standen Etagenbetten aus Metall. Sie sahen aus wie Militärpritschen. Das Inventar eines Raumes: zwei Etagenbetten ein kleiner Tisch mit vier Stühlen und ein Schrank, mehr nicht. Hier lebten also vier Menschen. Der Raum war so vollgestopft, dass man sich kaum drehen konnte.

«Haben die kein Bad hier?», fragte ich.

«Zwei Zimmer teilen sich das Bad, also acht Leute. Wenn du Pech hast, wohnst du mit völlig Fremden.»

«Wieso weißt du das alles?»

«Der Freund von meinem Onkel wohnt hier. Wir können ihn besuchen, wenn du willst.»

«Lieber nicht», sagte ich. «Hier kann man ja keinen Pups lassen, ohne dass der Nachbar wegweht. So habe ich mir das nicht vorgestellt.»

«Ich wohne bei meiner Familie. Andere haben nicht so viel Glück. Deutsche protestieren gegen das Lager. Sie sagen, dass ihre Gegend an Wert verliert.»

«Lass mal», versuchte ich zu trösten. «Ich kann mir denken, dass es nicht leicht für euch ist.»

«Nicht leicht?», erwiderte Yara mit bitterem Unterton. «Du verstehst gar nichts.»

Und Yara erzählte mir noch einmal, aber dieses Mal ausführlicher, ihr ganzes beschissenes Leben, das mit dem Krieg vor drei Jahren begonnen hatte. Das was davor gewesen war, hatte sie vergessen. Sie sagte, dass sie dreimal geboren worden sei. Das erste Mal in Syrien vor dem Krieg. Da wurde sie 11 Jahre alt, das zweite

Mal ebenfalls in Syrien, als der Krieg begann, da wurde sie drei Jahre alt und das dritte Mal hier in Deutschland.

«Ich hoffe, dass mein drittes Leben endlich so ist, wie ich es in meinen Träumen gesehen habe – friedlich, schön und einzigartig. Außerdem hoffe ich, dass es länger als drei oder 11 Jahre dauert. Ich will endlich richtig leben», sagte sie.

Kein besonderer Wunsch, sondern etwas vollkommen Normales, Selbstverständliches. Richtig leben. Ihr Leben, das sie als Kind geführt hatte, läge schon so weit zurück, meinte sie – Lichtjahre.

Kapitel 12

In dieser Nacht träumte ich. Yaras Bericht ging mir nicht aus dem Kopf. Die letzten drei Jahre ihres Lebens flogen an mir vorbei wie ein Film.

Seit vierzig Jahren regiert in Syrien eine einzige politische Partei. Freie Wahlen gibt es schon lange nicht mehr. Im Jahr 2000 kam Präsident Assad an die Macht, die er bis heute verteidigt. Seit dieser Zeit gab es Gewalt im Land. Es nutzte nichts, dass die Bevölkerung sich gegen seine Willkür auflehnte.

Yara war nicht ganz 11 Jahre alt, als ihr zweites Leben begann. Gemeinsam mit ihren Eltern und fünf Geschwistern lebte sie in Aleppo, einer Stadt im Norden Syriens, dicht an der türkischen Grenze. Die Familie wohnte in einem kleinen Haus, das Vater und Mutter gemeinsam gebaut hatten.

Yaras Vater war Arzt im städtischen Krankenhaus. Hier lernten sich die Eltern kennen. Die Mutter arbeitete in seinem Team als Krankenschwester.

Die Proteste nahmen zu und mit ihnen die Gewalt. Im März 2011 lehnten sich größere Teile der Bevölkerung gegen die Regierung auf. Yaras ältere Brüder, damals 13, 15 und 17 Jahre alt, bettelten so lange, bis die Eltern ihnen erlaubten, auf die Straße zu gehen.

Die Proteste fanden nicht allein nur in Syrien, sondern auch in verschiedenen anderen arabischen Ländern statt und waren zuerst friedlich. Die ganze Welt freute sich darüber, dass die Menschen im Osten für bessere Lebensbedingungen, mehr Mitbestimmung und Freiheit kämpften: «Arabischer Frühling» nannte man das.

Für die Betroffenen war es allerdings alles andere als ein Frühling. Die Proteste verliefen keinesfalls so friedlich, wie sie eigentlich gedacht waren. Yaras Mutter lebte in ständiger Angst. Man sprach von Toten.

Die Proteste wurden heftiger, die Gewalt der Regierung forderte immer mehr Menschenleben. Einige der Demonstranten gründeten daraufhin die «Freie syrische Armee» und antworteten mit Gegengewalt. Gewalt erzeugt immer nur mehr Gewalt. Der Konflikt weitete sich aus. Unmerklich war der friedliche Protest zu einem Bürgerkrieg geworden. Truppen der Befreiungsfront kämpften nicht nur gegen Assad, sondern auch gegeneinander.

An seinem 18. Geburtstag meldete Amir, der älteste Bruder, sich freiwillig für den Kriegseinsatz. Ihm folgten ein halbes Jahr später auch Karim und Safi. Die Mutter konnte sie nicht zurückhalten. Unter Tränen sagte sie: «Ich weiß, dass ich euch nie wiedersehe.»

Yara lebte fortan mit ihren beiden jüngeren Geschwistern Tarek und Nour sowie den Eltern allein. Die Phasen zwischen den Angriffen wurden kürzer. Sie erlebte tagtäglich Gewalt auf den Straßen. Schreckliche Dinge hatte sie gesehen. Viele Jugendliche schlossen sich den Rebellen an.

Unter ihnen auch Kinder. Mit einem Schlage war ihre Kindheit zu Ende und überschattet vom Tod.

Eines Tages, als sie sich in der Schule befand, wurde ihr Elternhaus von einer Bombe getroffen. Der Zufall wollte es, dass sich die Eltern und ihre beiden jüngeren Geschwister im Hause aufhielten. Drei Tage lang arbeitete Yara sich mit bloßen Händen durch den Trümmerhaufen, der von ihrem Haus übrig geblieben war. Dann fand sie die Leichen ihrer Eltern und Geschwister.

Auf einen Schlag war sie Waise geworden und hatte darüber hinaus ihre gesamte Familie verloren. Mit diesem Schicksal war sie keinesfalls allein. Wie ihr, erging es vielen syrischen Kindern, seit dieser Krieg wütete. Sie lebten ohne Schutz, ohne Bildung und meist sich selbst überlassen. Bombardierungen, Häuserkämpfe und Belagerungen gehörten zu ihrem Alltag, wie das Spielen mit Bauklötzen oder Puppen zu Kindern, die im Frieden leben. Trümmer, Schutt und Asche waren ihr Lebensraum.

Yara suchte Unterschlupf bei ihrem Onkel, der für die Rebellen arbeitete. Um wenigstens ihren gröbsten Hunger stillen zu können, betätigte sie sich als Botin zwischen den Fronten. Eigentlich hätte diese Tätigkeit von einem Erwachsenen ausgeübt werden müssen. Sie war gefährlich. Aber niemand fragte danach.

Yara belieferte die Rebellen mit Waren und Nachrichten. Kinder wurden besonders gern für diese Aufgabe herangezogen, weil sie unverdächtiger waren als Erwachsene.

Jedes Mal, wenn Yara auf die Straße ging, lief der Tod neben ihr her. Sie hatte von Kurieren gehört, die von Querschlägern, Sprengsätzen oder Granatsplittern getroffen worden waren.

Im April des zweiten Kriegsjahres schloss ihre Schule. Das Gebäude drohte einzustürzen. Eine Granate hatte es stark beschädigt. Es fehlte außerdem an Lehrern.

Weil es nicht genügend Medikamente und kaum mehr Ärzte gab, erkrankten viele Menschen. Man konnte von Glück sagen, wenn man überhaupt behandelt wurde.

Im August 2013 dann das Unglaubliche; Assad setzte Giftgas gegen die eigene Bevölkerung ein. Viele Menschen, unter ihnen auch Kinder, litten entsetzliche Qualen, bevor sie starben. Die Welt war empört, forderte Maßnahmen gegen Assad. Ein militärischer Einsatz von Amerika wurde allerdings von Mitgliedern des UN-Sicherheitsrates verhindert. Der Druck der Öffentlichkeit und weltweite Proteste sorgten letztendlich dafür, dass Assad die Chemiewaffen schließlich abgeben musste. Die Vernichtung derselben stellte sich als schwierig heraus und ist bis heute noch nicht abgeschlossen.

Für ein Aufatmen reichte es leider nicht, denn der Krieg wurde mit konventionellen Waffen weitergeführt.

Der Druck auf die Menschen vergrößerte sich. Die Proteste stiegen, die Selbstmordrate auch. Sanktionen von Amerika folgten. Die Menschen demonstrierten weiter, aber es nutzte nichts. Assad hatte und hat bis heute kein Mitleid mit seiner Bevölkerung. Das Leben jedes Einzelnen war die Hölle. Mehr und mehr Menschen verließen das Land, jeder Zweite von ihnen ein Kind.

Yara hielt es lange in Aleppo aus. Und sie wäre wohl heute noch dort, wenn nicht die Agentur eines Tages drohte, entdeckt zu werden. Telefonate wurden abgehört, schließlich schaltete man das Telefon ganz ab. Die Agentur konnte sie nicht mehr beschäftigen. Auch das Internetcafé, in dem sie den Kontakt zur Außenwelt suchte und fand, wurde geschlossen. Die Regierung beschattete ihre Bürger rund um die Uhr. Yara musste sehr vorsichtig sein, mit dem, was sie sagte und tat.

Aber die Not sollte noch größer werden. Als schließlich der elektrische Strom in ihrem Viertel ausfiel, mussten die Anwohner, die noch über Barmittel verfügten, sich teure Gasflaschen kaufen. Nicht lange danach war das Wasser verunreinigt. Gemeinsam gruben die Nachbarn einen Brunnen. Daraufhin sank das Grundwasser. Der Brunnen gab nichts mehr her. Die Bewohner mussten teures Wasser kaufen und in Kanistern von weither transportieren.

Die Felder wurden schon lange nicht mehr bestellt. Die Erde war von Geschosseinschlägen aufgerissen. Kein Mensch traute sich mehr dorthin. Wenn die Ernte nicht verdorrte, wurde sie vom Feind zerstört.

Systematisch schnitt die Regierung den Menschen ihren Lebensfaden ab. Niemand wusste eigentlich so richtig, gegen wen er kämpfte. Die eigenen Landsleute wurden zu Feinden.

Die Zeit verging. Yaras 13. Geburtstag lag weit hinter ihr. Furchtbare Dinge hatte sie gesehen. Fast jede Nacht litt sie unter Albträumen. Wieder und wieder sah sie den Kumwaik, der mitten durch Aleppo fließt. Sie sah das Hochwasser und wie es die Leichen von Menschen anschwemmte, die man hineingeworfen hatte. Sie sah, wie die Körper sich in den Metallsperren verfingen, und die Männer, die sie mit Stangen herausfischten. Sie stand auf der Scheich-Ress-Brücke im Herzen der Stadt, konnte auf der einen Seite das Lager der Rebellen auf der anderen das der Regierungstruppen erkennen und spürte, dass sie machtlos war. Niemand konnte etwas tun, um das Morden zu beenden.

Schließlich wusste sie, dass sie in diesem Land keine Zukunft mehr hatte. Der Wert eines Menschen war auf dem Tiefpunkt angelangt. Es gab nur einen Weg, dem Elend zu entkommen: Die Auswanderung.

Ihr Onkel beschloss, mit ihr das Land zu verlassen. Sie planten ihre gemeinsame Flucht. Ein halbes Jahr später gingen sie nach Norden, wo sie die türkische Grenze wussten. Irgendwann gelang es den Beiden, auf Schleichwegen die Grenze zu überqueren.

Was sie kaum für möglich gehalten hatten, trat ein: Es wurde noch schlimmer. In dem Auffanglager für Flüchtlinge hausten Tausende von Menschen in Wellblechhütten und Zelten, teilweise bei 40 Grad Celsius. Die hygienischen Bedingungen waren katastrophal: Es gab kaum Lebensmittel und Hygieneartikel, von Medikamenten ganz zu schweigen. Der türkische Staat war diesem Massenansturm nicht gewachsen. Eigentlich war das Lager nur ein Notbehelf und sollte eine Hilfe zum Überleben sein.

Viele Flüchtlinge entkamen diesem neuen Elend dadurch, dass sie sich nach Griechenland durchschlugen. Dort konnte man auf bessere Bedingungen hoffen und weiter nach Norden in die europäischen Industrienationen vordringen. Wegen des Flüchtlingsansturms wurde daraufhin die türkisch-griechische Grenze geschlossen.

Yara und ihr Onkel kamen zu spät. Es gab nur noch einen Weg, den über das Mittelmeer. Mit Hilfe von Schleppern gelang ihnen die Flucht in einem Boot. Das Boot, völlig überfüllt, trieb an den ostägäischen Inseln vorbei. Zum Glück wurde es nicht von der Küstenwache aufgegriffen, sonst hätte man die Flüchtlinge zurückgeschickt. Die Türkei gilt als sicherer Staat.

Irgendwie schafften sie es. Völlig erschöpft und halbtot erreichten sie das griechische Festland. Nach wochenlangem Marsch und fast verhungert, schlugen sie sich über mehrere andere europäische Staaten nach Deutschland durch. Hier wurde ihnen zugesagt, dass sie zumindest bis Ende des Krieges bleiben durften.

All diese furchtbaren Bilder sah ich vor meinen Augen. Die Erzählungen von Yara waren lebendig geworden und griffen nach mir wie die Hände eines Ertrinkenden und wollten mich in die Tiefe ziehen. Mein Atem ging schneller. Schreiend erwachte ich. Meine Haut fühlte sich kalt an. Auf meiner Stirn lag ein feiner feuchter Film. Ich wusste nicht, ob ich das wirklich nur geträumt hatte oder ob ich noch einmal in Gedanken die Erzählung von Yara durchgegangen war. Alles schien so real, aber es war ein Traum, oder?

Mama kam ins Zimmer gelaufen.

«Du hattest einen Albtraum», sagte sie und nahm mich in den Arm.

«In meinem Traum habe ich Yara gesehen», sagte ich.

Es dauerte eine Weile, bis sich mein Herzschlag normalisierte.

«Yara dachte, sie hat bei uns ein neues Zuhause gefunden. Schön wär's. In der Schule wird sie gemobbt. Anfangs auch von mir. Sie musste sich anhören, dass sie bei uns nicht willkommen ist. Sie ist ein Kind, ein Kind, dem man seine Kindheit vor drei Jahren gestohlen hat. Kein Mensch sollte so leiden müssen wie sie. Yara dachte, sie wäre endlich angekommen, aber die Suche ist noch nicht beendet.»

«Aller Anfang ist schwer», tröstete Mama. «So, wie du deine Meinung über sie geändert hast, werden es auch andere irgendwann tun. Davon bin ich fest überzeugt.»

Mama hatte einen Optimismus, der nicht zu überbieten war. Langsam wurde ich ruhiger. Aber die Frage blieb und war wie ein Aufschrei: «Was hast du durchgemacht, Yara?»

Kapitel 13

Der Zufall wollte es, dass Yara nach Berlin kam. In jeder Minute, spürte sie unseren Hass. Auch ich gab ihr ständig das Gefühl, dass sie nicht willkommen ist. Wäre sie in irgendeine andere Großstadt der Welt gekommen, hätte sie nicht mich, dafür jemand anderen in ihrem Alter getroffen, der ihr das Leben schwer gemacht hätte.

Großstädte sehen alle gleich aus. Auch die Menschen, die darin leben, ähneln sich in gewisser Weise. Morgens fliehen sie aus ihren Behausungen und schwärmen, fleißigen Bienen gleich, die eine Futterquelle anfliegen, stadteinwärts, wobei sie von dem inneren Drang getrieben werden: Ich muss meinen Unterhalt verdienen. Abends flüchten sie zurück in ihre «Bienenstöcke», um sich vor dieser Welt, in der sie tagsüber mitgeholfen haben, den Konsum mit seinen Verlockungen und die Gier nach Neuem zu unterstützen, zu verstecken.

Es ist schon merkwürdig, wie der Einzelne sich vor dem schützt, was er als Masse bereitwillig erträgt.

Yara und ich sind total verschieden: wie Nord- und Südpol, Schwarz und Weiß oder Tag und Nacht.

Eigentlich ist es ein Wunder, dass wir uns überhaupt gefunden haben, denn wir sind in zwei verschiedenen Kontinenten aufgewachsen, ich in Europa, Yara in Asien. Das allein wäre schon Grund genug gewesen, sich nicht zu begegnen. Da gab es aber noch andere Gründe. Ich bin ein Kind der europäischen Mittelschicht. Ich schätze mich als gebildet und selbstbewusst ein. Dadurch, dass meine Eltern mich schon früh mein eigenes Ding durchziehen ließen, weiß ich mich im Leben zu behaupten. Yara ist zwar auch ein Kind der Mittelschicht, bildungswillig und lerneifrig ist sie auch. Die Mittel und Möglichkeiten in ihrem Heimatland waren jedoch begrenzt, sodass sie Schwierigkeiten hatte, ihren Wissensdurst zu kultivieren. Das war nicht allein nur dem Krieg zu verdanken.

Syrien zählte bis vor kurzem noch zu den sogenannten Schwellenländern, was so viel bedeutet, wie: Ihr seid auf dem Wege zum Industriestaat, wir lassen euch aber nicht über die Schwelle treten. Mit «wir» sind die echten, wirklichen, wahren Industrieländer gemeint, die natürlich ihre Vorherrschaft verteidigen und möglichst noch ausbauen wollen. Durch den Krieg hat Syrien vielleicht den Status eines Schwellenlandes verloren und gilt nun als Entwicklungsland. Das kann ich nicht beurteilen. Aber inzwischen weiß ich, dass der Unterschied zwischen einem Entwicklungsland und einem Schwellenland minimal ist.

Wäre Yara nicht auf Umwegen nach Deutschland und in meine Klasse gekommen, nie hätte ich gewusst, dass es diese Unterschiede zwischen den Industriestaaten und den Schwellenländern im Osten überhaupt gibt.

Zwar ist jeder von uns durch die Medien mit diesem Umstand vertraut, aber man sieht die Zustände aus der Ferne und nur für einige Sekunden am Tag, nämlich dann, wenn in den Medien darüber berichtet wird. Selten hat jemand einen Flüchtling von Angesicht zu Angesicht gesehen, geschweige denn, dass er mit ihm befreundet ist.

Sicher sind wir schon mit Armut in Kontakt gekommen: in der U-Bahn, auf der Straße, vor Geschäften oder wie peinlich, vor unserer Bank. Wir ärgern uns, wenn wir unfreiwillig Zuhörer eines Konzerts in der U-Bahn werden, wenn ein Ausweichen in dem voll besetzten Waggon unmöglich ist. Und wie peinlich, wenn man mit prall gefüllten Tüten den Supermarkt verlässt, und es steht jemand vor der Tür, der arbeitslos ist. Am schlimmsten ist es, wenn man sein sauer verdientes Geld abholt, und vor der Bank wartet schon einer, der etwas davon abhaben will. Oder jemand sitzt wie ein Häufchen Elend am Straßenrand und hält uns seine Sammelbüchse entgegen. Vielleicht gehen einige von uns sogar noch zur Kirche. Soll ja vorkommen. Da sammeln sie auch für Menschen, denen es nicht so gut geht. Am meisten für die Drittweltländer. «Eine Welt» nennen sie das. Damit wollen sie zum Ausdruck bringen, dass es keine zweite oder dritte Welt gibt. Klar, wohnen wir in ein und derselben Welt, aber in unterschiedlichen Etagen. Manche ganz tief unten im Keller, andere im Wolkenkuckucksheim.

Jeder hat schon mal Menschen getroffen, die die Hand aufgehalten haben. Begegnungen, die wir schnell vergessen, die uns zwar genötigt haben und vielleicht hat der Eine oder die Andere von uns auch das Portemonnaie gezückt und eine Münze in die Büchse geworfen, aber an der nächsten Haltestelle ist der Mensch, der uns so irritiert hat, wieder ausgestiegen oder wir haben die Kirche, die Bank verlassen und unsern Tag genossen, ohne uns tiefere Gedanken darüber zu machen, warum die Welt so ist, wie sie ist. Wir sind mit einem guten Gewissen gegangen und haben das Erlebnis vergessen, zumindest verdrängt. Eine dauernde Wirkung hatte es nicht auf uns.

Yara und ich lebten, bevor das Schicksal es anders bestimmte, in zwei unterschiedlichen Welten. Als wir uns begegneten, wurde alles anders. Durch Yara habe ich die Gefühle kennengelernt, die einen Flüchtling in seinem Gastland von Anfang an begleiten: Hass, Gewalt, Neid, Missgunst, Verständnislosigkeit, manchmal auch Mitleid.

Ich entschuldigte mich für mein Verhalten ihr gegenüber und wollte meinen Fehler wiedergutmachen. Ich bot ihr meine Hilfe an. Ich war neugierig auf sie und freute mich, sie näher kennenzulernen. Ich hoffte, dass etwas Neues, Einzigartiges entstehen würde - eine Freundschaft über Kontinente hinweg.

Kapitel 14

Nur noch ein Tag bis zu den Sommerferien. Ich kannte Yara jetzt fünf Wochen. Na, eigentlich knapp vier Wochen. Die ersten zehn Tage sprachen wir kein einziges Wort miteinander. Nun musste ich sie das erste Mal verlassen. Meine Eltern hatten eine Reise nach Dänemark gebucht. Schon übermorgen würde ich für drei Wochen nicht in der Stadt sein. Drei Wochen ohne Yara. Der Abschied fiel uns schwer. Ich hätte sie gern mitgenommen, aber das ging nicht. «Beim nächsten Urlaub denken wir an Yara», tröstete meine Mutter.

Seit Yara in Deutschland lebt, glaubt sie, in dem fremden reichen Land wird alles besser werden. Doch der Anfang war schwer. Sie erzählte mir, dass es ein halbes Jahr gedauert hat, bis sie die Schule besuchen durfte. In dieser Zeit lernte sie fleißig bis spät in die Nacht hinein, um ihr Deutsch zu verbessern. Und obwohl sie die Menschen gut verstehen konnte, wurde sie nicht warm mit ihnen. Feindseligkeit schlug ihr entgegen. Je mehr man sie provozierte, desto mehr zog sie sich zurück, blieb unauffällig im Hintergrund. Aber die Umwelt schnitt sie trotzdem. Die Nächte waren das Schlimmste, meinte sie. Sie ließen sie allein mit ihren Gedanken. Die Sehnsucht nach der Heimat wurde übermächtig und tat weh. Sie wollte nichts als fort aus diesem kalten fremden Land.

«Erst als ich dich kennenlernte, wurde es besser», sagte sie zu mir. «Du bist anders als die meisten: offen und unkompliziert. Du hörst mir zu, tröstest mich, gibst mir das Gefühl, nicht allein zu sein und heißt mich in diesem Land willkommen, von dem ich hoffe, dass es bald auch zu meiner Heimat wird. Du weißt, ich habe niemanden mehr in Syrien. Ich will nicht zurück. Nicht noch einmal anfangen. Ich will hier zur Ruhe kommen.

Ich lief rot an. So gelobt zu werden ging gegen meine Natur.

«Auch bei uns beiden sah es anfangs nicht gut aus», protestierte ich. «Ich hasse dich. Du nahmst mir meinen Platz, stahlst mir die Show. Ich wollte dich loswerden. Glaubst du, ich habe dich nur zum Spaß gemoppt?»

«Du warst schon fies. Ich spüre noch heute das Knistern in der Luft, als ich mich neben dich setzte. Erst an dem Tag auf dem Schulhof, als du mich ansprachst, begann unsere wunderbare Freundschaft.»

Ich nickte und Yara dankte mir. Ich weiß nicht, wie oft sie mir dankte, dass ich für sie da war. Ich wäre ihr nicht nur eine gute Freundin, sondern würde ihr auch das Gefühl geben, so normal zu sein, wie jedes andere Mädchen in ihrem Alter auch.

Es stimmte, ich wollte alles wieder gutmachen, was ich in unserer Anfangszeit falsch gemacht hatte. Sie sollte die Schrecken, die sie erlebt hatte, vergessen. Aber vergessen konnte sie nicht. Dafür saß das Trauma zu tief. Hoffentlich passierte nichts in den drei Wochen, in denen ich nicht bei ihr sein konnte.

Kapitel 15

Der erste Schultag nach den Sommerferien. Ätzend. Wieder die Werkin, die Schule und das pubertäre Gehabe der Mitschüler.

Die letzten drei Ferienwochen mit Yara waren schön gewesen. Endlich mal ohne Schule. Wir waren viel unterwegs: schwimmen, Kino, Rad fahren, Minigolf oder nur quatschen. Dabei hatte ich den Eindruck, dass Yara stiller war als sonst, trauriger. Als ich sie darauf ansprach, lachte sie nur und meinte, es wäre so langweilig ohne mich gewesen, dass sie wohl noch ein wenig Zeit brauchte, um zu ihrer alten Form aufzulaufen. Warum hatte ich das Gefühl, dass sie mich anlog? Besser, ich sagte erst mal nichts.

Es klingelte zur ersten großen Pause. Selbstverständlich stand Yara nun gemeinsam mit mir in der Mitte des Schulhofes, nicht am Rand, so wie früher.

Früher war vorbei.

Da sah ich unweit von uns Florian und seine Freunde ihre Köpfe zusammenstecken und tuscheln. Sie waren jetzt in der Zehnten, wir in der Neunten. Selbst Sascha hatte es geschafft. Kurz danach schlenderte Florian, lässig die Hände in den Hosentaschen vergraben, auf uns zu. Ich ahnte nichts Gutes.

«Na, wie geht's?», fing er denkbar tollpatschig ein Gespräch an. Yara drehte ihm schnell den Rücken zu, viel zu schnell, wie ich fand.

«Komische Frage», sagte ich. «Biste plötzlich schwachsinnig geworden? Du quatschst wie meine Alten, wenn sie die Nachbarn treffen. Wie soll's uns schon gehen? Gut, wie immer.»

«Und deiner Freundin?», fragte er scheinheilig.

Yara drehte sich ganz langsam zu ihm um. Ihre schwarzen Augen sprühten Funken und brannten sich wie glühende Kohlen in Florians Gesicht. Sonst aber gab sie sich ganz cool. Nur ich hörte die kleine Schwingung in ihrer Stimme, die mich warnte: Da stimmt was nicht, als sie sagte: «Gut geht's mir, genau wie Ulli.»

Danach senkte sie den Blick.

Florian kratzte sich am Hinterkopf.

Das schlechte Gewissen schrie ihm aus dem Gesicht. Er gaffte Yara an, und bekam seinen Mund nicht mehr zu. Und Yara? Sie zupfte an ihrer Kleidung herum und schaute sonstwo hin, bloß nicht in seine Richtung. Nur in unserer Anfangszeit hatte ich sie so erlebt.

«Ist noch was?», fragte ich, weil Florian absolut nicht die Anstalten machte, zu gehen. Yara wandte ihm inzwischen wieder den Rücken zu. «Du stehst da, als hätte dir jemand ins Gehirn geschissen.»

«Kann ich mal mit Yara allein sprechen?»

«Das musst du sie schon selbst fragen.»

Florian setzte seinen Hundeblick ein, der wahrscheinlich bei seinen Eltern zog, bei mir nicht. Ich giftete ihn an. Da sah der Kerl an mir vorbei und quatschte in Yaras Rücken hinein. Zum Schreien, wie er bettelte: «Kann ich?»

In Zeitlupe drehte sie sich um, schaute ihn an, als wollte sie ihn als Pausensnack verspeisen und sagte: «Aber nur kurz.»

Ich bemerkte den Unterton in ihrer Stimme, und Florian hatte ihn mit Sicherheit auch bemerkt, denn er trat sich vor Verlegenheit fast auf seine eigenen Füße.

Ich entfernte mich diskret, aber widerwillig, und stellte mich ein wenig abseits hin. Von weitem sah ich, wie Florian auf Yara einredete.

Sie war nicht gerade die Fröhlichkeit in Person. Andauernd nickte sie. Irgendwann ließ sie Florian einfach stehen, während der immer weiter laberte und ging rüber zu mir, stellte sich neben mich und tat so, als wäre nichts gewesen.

«Ich glaube, du willst mir was sagen», pfiff ich sie an.

«Will ich? Muss ich?», kam es schnippisch von ihr.

«Sind wir nun Freundinnen oder nicht?»

«Das hat nichts mit unserer Freundschaft zu tun.»

Ich merkte, dass sie nicht bei der Sache war. Ihre Augen verfolgten Florian. Der stellte sich sichtlich verlegen neben Ingo und Sascha. Ich sah, wie die Beiden ihn vollquatschten. Yara schaute so abgrundtief traurig, dass mir ganz übel wurde. Ihr Blick grub sich tief in meine Seele ein.

In der Zwischenzeit musste etwas passiert sein, wovon ich nichts wusste. Davon konnte mich keiner abbringen. Wenn Yara mir nichts erzählen wollte, musste ich mir anderweitig Auskunft holen. Ich nahm mir vor, heute mal bei Florian vorbeizuschauen.

Kapitel 16

Florian öffnete mir. Sein übelst schlechtes Gewissen schrie ihm aus dem Gesicht. Also wusste er schon, woher der Wind wehte und warum ich antanzte.

«Was ist zwischen dir und Yara?», fielen mir die Worte aus dem Mund.

«Nichts, was soll sein? Ich hab' sie nur was gefragt.»

«Aha? Ich kenne Yara. Das kannst du einer Dümmeren erzählen. Von wegen simple Frage.»

«Was ist da draußen los, Flori?», rief Florians Mutter aus der Küche.

«Ulli ist da», brüllte er zurück.

«Dann lass sie endlich rein. Oder wollt ihr auf dem Flur so lange rumschreien, bis die Nachbarn sich beschweren?»

Ich merkte, dass Florian Schiss hatte und mich lieber weggebeamt hätte, aber er ließ mich trotzdem rein.

«Meine Mutter muss nichts von unserm Gespräch mitkriegen», raunte er mir zu. «Die geht dann gleich zu Saschas Vater und der geht zu Ingos Vater. Du kennst ja deren Familien.»

«Nee», sagte ich. «Kenne ich nicht. Ich kenne noch nicht mal dich richtig. Schon vergessen? Unsere Eltern sind befreundet, wir nicht.»

Von diesem Augenblick an wusste ich definitiv, dass Florian irgendeinen Scheiß gebaut hatte, den ich jetzt decken sollte. Weil ich aber neugierig war, folgte ich ihm in sein Zimmer. Es war gemütlich. Igitt, gemütlich. Nicht einmalig wie meins. Für einen Jungen fand ich es einen Tick zu gemütlich. Ist wohl Geschmackssache. Florian bot mir Platz auf einem kleinen Sofa an und setzte sich neben mich. So eng an ihn gequetscht bekam ich Panik. Sollte ich vielleicht mit ihm kuscheln?

Alles hier war hell. Das Licht blendete mich. Rot war die dominierende Farbe. Poster von Popgruppen hingen an den Wänden. Er hatte zwar keinen Mädchenkram, sammelte aber Modellflugzeuge. Genauso Scheiße. Meinen Blick, den ich in die Vitrine warf, deutete er falsch und sagte stolz. «Die habe ich alle allein zusammengebaut und lackiert.»

Aus dem Schrank blickten mir mindestens zwanzig Militärflugzeuge entgegen, maßstabsgetreu, aus dem ersten und zweiten Weltkrieg. Sicher kannte Florian von jedem einzelnen Flieger den Namen und seine Geschichte. Mein Gesicht verzog sich zu einer Grimasse. Militär. Warum sammeln Jungen alles, was mit Krieg zu tun hat?

Ich quälte mir ein Lächeln ab, aber nur, weil ich nachvollziehen konnte, wieviel Mühe und Arbeit er investiert hatte. Das musste Jahre gedauert haben, wertvolle Jahre. Was ich dachte, musste er ja nicht unbedingt wissen: Scheißkerl.

Zu allem Übel war auch sein Schreibtisch aufgeräumt. Die Platte glänzte wie die polierte Glatze von Herrn Schmidt, unserm Nachbarn. Die Bücher im Regal standen genau wie die Flugzeuge in Reih' und Glied und warteten auf ihren Einsatz. Eben wie beim Militär. Die Hefter lagen fein säuberlich und übereinandergestapelt an der linken hinteren Kante des Tisches und berührten die Wand. Die Stifte standen in einem Becher griffbereit. Bei näherem Hinsehen erkannte ich, dass sie nach Farben sortiert waren. Ich hätte Mühe gehabt, den Becher zu treffen. Wie schaffte Florian es, die Stifte noch zu ordnen? Streber. War ja nicht anders zu erwarten.

«Also, was ist?», fragte ich ungeduldig. Ich hatte nämlich nicht vor, mich lange in diesem Zimmer aufzuhalten und Smalltalk mit ihm zu pflegen.

«Willst du ´ne Cola?», fragte er.

«Lenk nicht ab. Komm´ auf den Punkt. Yara war gefrustet. Seit ich zurück bin, ist sie voll von der Rolle. Was ist passiert?»

«Ich sag´s dir, wenn du´s für dich behältst.»

«Kann ich nicht versprechen. Könnte ja was Kriminelles sein.»

Florian sah mich an wie ein Kind, das von seiner Mutter beim Naschen ertappt worden ist. Hätte ich mir denken können, also doch was Kriminelles.

«Lass kommen. Was habt ihr mit Yara gemacht?»

«Ich nicht», verteidigte er sich. «Sascha und Ingo.»

«Und was hast du damit zu tun?»

«Die haben mich spionieren geschickt, weil ich dich kenne. Ich sollte dich ausquetschen, herausfinden, ob Yara gequatscht hat.»

«Bist du irre? Was soll sie denn gesagt haben?»

«Es begann einen Tag, bevor du gefahren bist. Ich glaube, Yara war auf dem Weg zu dir. Es war der erste Ferientag, ein urgeiler Sommertag. Ihr wart wohl verabredet.»

Ich erinnerte mich an diesen Tag. Wir waren schwimmen. Ein letztes Mal, bevor ich wegfuhr, hatten wir den ganzen Tag für uns gehabt.

«Ich hatte mich mit den Jungs verabredet», fuhr Florian fort «Wir wollten ein bisschen um die Häuser ziehen. Ich weiß nicht, was wir so früh schon auf den Straßen wollten. Ingo hat darauf bestanden. Am ersten Ferientag sollte man eigentlich pennen so lange es geht, findest du nicht auch? Die Sonne schien. Berlin war völlig empty. Echt krass. Fast alle im Urlaub. Gespenstisch. Außer von den dämlichen Vögeln kein Laut. Auf den Straßen stank es wie bei Douglas, wenn man an der Tür vorbeigeht. Voll viele Bäume standen in Blüte.

«Bist du irre?», fuhr ich ihn an. «Komm endlich zum Punkt.»

Florian spielte nervös mit seinen Fingern. Ich sah, dass er die Nägel abgeknabbert hatte. *Ziemlich gestört,* dachte ich.

Er fuhr fort: «Wir trafen uns bei Sascha in der Kneipe. Seine Alten schliefen noch. Da haben wir erst mal getankt. Die Gelegenheit war günstig.»

«Du willst mir jetzt aber nicht sagen, dass ihr schon am frühen Morgen besoffen wart?»

«Ich nicht, hab' nur Cola getrunken, hab's meinen Eltern versprochen, aber die Jungs waren voll. Vielleicht bekommen sie dann mildernde Umstände von dir. Sie ließen sich also volllaufen und danach gingen wir zusammen durch die Straßen.»

«Warum hast du sie nicht am Saufen gehindert?», fragte ich.

«Meinst du, Ingo und Sascha lassen sich von was abbringen? Ich war froh, dass ich sie dazu brachte, früher aufzuhören, als sie es eigentlich vorhatten.»

«Schöne Freunde hast du.»

«Sonst sind die ganz okay. Aber wenn sie vollgepumpt sind, rasten sie manchmal aus. Ich dachte, so an der frischen Luft, verflüchtigt sich der Alk schneller. Als wir in eine Seitenstraße einbogen, sahen wir Yara. Es war reiner Zufall. Musste mir glauben. Wir haben ihr nicht nachgestellt. Sie ging langsam, blieb oft stehen, verdrehte die Augen und lächelte sogar. Sah aus wie auf Droge, voll glücklich. Das brachte Ingo so richtig zum Kochen.

‹Was grinst die so?›, fragte er uns.

‹Lass sie doch›, antwortete ich. ‹Die freut sich, dass Ferien sind.›

Yara hatte wohl eine Vorahnung, denn als sie uns sah, wechselte sie schnell die Straßenseite. Das machte die Beiden noch heißer. Sie waren schon am überkochen. Ich versuchte sie runterzubringen. Du weißt, ich hasse Gewalt.»

«Ach, ist das so?», fragte ich, denn ich ahnte, was jetzt gleich kommen würde.

Ungerührt sprach Florian weiter.

«‹Lass uns auch rübergehen›, sagte Ingo. Wir also auch rüber auf die andere Straßenseite.

‹Wen haben wir denn da?›, fragte Ingo.

‹Dich kennen wir doch aus der Schule. Wohnst du im Lager?›

Yara wollte an uns vorbei, aber Ingo pflanzte sich breitbeinig vor ihr auf und Sascha fragte:

‹Nicht so hastig. Wie heißt du denn?› Während er das sagte, streckte er seine Hand aus und berührte Yaras Haar. Dann blähte er sein Kaugummi zu einer Riesenblase auf. Die ließ er direkt vor Yaras Nase platzen. Yara wich einen Schritt zurück. Weiter ging nicht, denn hinter ihr befand sich die Hauswand. Um uns loszuwerden, sagte sie, dass sie Yara heiße.

‹Ulli hat mal erwähnt, wo du herkommst. Ich erinnere mich leider nicht, hab's vergessen. Bist du mal so freundlich und sagst es mir noch mal, Yara?›, fragte Ingo scheinheilig, wobei er sie lauernd ansah.

‹Syrien›, wimmerte sie.

‹Ach deswegen stinkt es hier so›, sagte Ingo und schnüffelte in Yaras Richtung.

Yara verstand nicht. War leicht irritiert. Das nutzte Ingo aus. Er drängte sie mit seinem Körper dichter an die Hauswand.

‹Sag mal: Ich bin ein Stinker›, befahl er.

‹Bin kein Stinker›, widersprach Yara.

‹Ach, kannst du mir mal sagen, was hier sonst so riecht?› Ingo hielt seinen Rüssel in ihre Richtung und schnüffelte lautstark.»

... In diesem Moment unterbrach ich Florian. Ich war wütend und gab ihm, der selenruhig neben mir saß, einen Stoß in die Seite. «Und was hast du gemacht, du Feigling? Hast du etwa zugesehen, wie sie Yara auseinandergenommen haben?»

«Nein, natürlich nicht», verteidigte er sich, als er sich von seinem Schrecken erholt hatte. «Ich hab' endlich auch meinen Mund aufgemacht und geschrien: ‹Lasst die Kleine gehen. Es reicht. Sie bibbert mehr als'n Köter, der friert. Was kann die dafür, dass so viele Asylanten herkommen?›

Aber Ingo schob mich zur Seite und sagte: ‹Schon die Visage von der ist ´ne Beleidigung für meine Pupillen. Misch' dich nicht ein Florian.›

Ich hoffte, Sascha würde mir zustimmen, aber er war natürlich, wie immer, der gleichen Meinung wie Ingo. Du weißt ja, wie er Ingo bewundert.

‹Ingo hat Recht. Das ganze Asylantenpack ist schuld, dass es bei uns so viel Arbeitslosigkeit gibt. Die kommen nur her, um uns die Arbeit wegzunehmen. Die meisten arbeiten sogar schwarz›, sagte er.

Es nutzte auch nichts, dass ich meinte, dass Yara wohl noch nicht zur Arbeit gehe, sondern eher in die Schule, wo wir sie ja auch schon gesehen hätten.

‹Noch schlimmer. Dann nimmt sie uns uns´re Ausbildungsplätze weg›, kreischte Sascha völlig hysterisch.

Plötzlich drängte Ingo Sascha zur Seite. ‹Lass Papa mal ran›, sagte er und baute sich nochmal in seiner ganzen Größe vor Yara auf, und du weißt, dass er sehr groß ist. Jetzt blickte er ihr genau in die Augen. Ein Ausweichen für sie war nicht möglich, weil er sich mit beiden Hände rechts und links neben ihrem Kopf an der Hauswand abstützte, wohl auch, weil er leicht schwankte. Yara war zwischen ihm und der Hauswand dermaßen eingeklemmt wie ein Hot Dog in seinem Brötchen. Dann schrie er in ihr rechtes Ohr: ‹Dein Typ ist hier nicht gefragt! Willste oder kannste nich verstehn? Wie oft soll ich das noch wiederholen?›

‹Lass die Kleine gehen›, bat ich noch einmal. ‹Was kann die für die Politik. Die ist auch nur ein Opfer.› Ich wollte Ingo nicht noch mehr aufbringen. Wenn er getrunken hat, ist er unberechenbar. Aus den Augenwinkeln konnte ich sehen, wie Yara die Tränen kamen.

Ingo und Sascha lachten. ‹Jetzt flennt die auch noch wie'n Baby.› Damit nicht genug. Ingo trieb das Spielchen noch weiter. ‹Sag mal: Ich bin eine miese Ratte›, drängte er.

‹Ich bin miese Ratte›, wimmerte Yara und glaubte wohl, uns damit loszuwerden.

‹Eine›, schrie Ingo. ‹Es heißt ‹eine›. Und nun das Ganze noch mal.›

‹Na wird's bald?›, stichelte Sascha.

‹Ich bin eine miese Ratte›, antwortete Yara unter Tränen.

‹So ist es richtig. Hast Glück, dass ich keine Mädchen schlage. Mach, dass du wegkommst!›, brüllte Ingo erneut in Yaras Ohr. ‹Und vergiss nicht, was ich dir gesagt habe.› Dann gab er sie frei.»

… Ich holte aus und gab Florian eine heftige Ohrfeige. Er war so verblüfft, dass er nichts mehr sagen konnte.

«Das ist für Yara», erklärte ich. «Du feiger Hund. Warum hast du ihr nicht beigestanden?»

Er wehrte sich nicht.

Stattdessen sagte er: «Es kommt noch schlimmer. Ich bin nicht ganz so feige, wie du vielleicht denkst. Also redete ich am nächsten Tag mit Sascha und Ingo. Ich sagte ihnen, dass ich nichts mehr mit ihnen zu tun haben wollte, wenn sie sich nicht bei Yara entschuldigten. Von diesem Tage an hielt ich mich von ihnen fern. Zwei Tage später, du warst schon weg, kickten

Sascha und Ingo gerade einen Stein in eine trübe Pfütze, als Yara sie entdeckte. Sie war wohl auf dem Nachhauseweg.

‹Ihr wollt mit mich reden?› Yara gab sich ganz cool, als sie das sagte, kickte ebenfalls nach einem Stein und beförderte ihn elegant in die Pfütze. Es spritze und Sascha konnte gerade noch zur Seite springen.

‹Wohl irre!›, rief er.

Yara zögerte. Irgendwas in Saschas Augen warnte sie, nicht zu sorglos zu sein. ‹Ich dachte, ihr wollt euch entschuldigen›, sagte sie etwas zaghafter.

‹Entschuldigen? Wofür? Dafür, dass wir dich ein bisschen härter angefasst haben?›, kläffte Ingo.

‹Nicht?›

‹Haben wir das nötig? Nein. Wir wollen dich nur warnen. Verstehst du? Warnen!›, dehnte Ingo das Wort.

‹Warnen? Warum?›

‹Hast du gehört?›, fragte Ingo seinen Kumpel. ‹Die schlägt ´ne gut gemeinte Warnung in den Wind.›

Yara verstand noch immer nicht, was die Beiden eigentlich von ihr wollten. Kunststück, sie waren schon wieder voll wie zwei Eimer und lallten nur noch. ‹Wir meinen es nur gut mit dir.› Ingo rammte seine Fingerspitzen in Yaras Brustkorb und schubste sie in Richtung Pfütze.

‹Könntest ruhig danke sagen.› Sascha grinste breit.

‹Ich habe verstanden›, Yara wollte weg.

Sie hatte wahrscheinlich ein mulmiges Gefühl, so wie ich es gerade hatte.

‹Nicht so hastig›, näselte Ingo. ‹Wir bestimmen, wann du gehen darfst.› Er gab Sascha einen Wink. ‹Bist du eigentlich getauft?›, fragte er.

‹Getauft?› Yara sah ihn fragend an.

‹Du weißt nich', was getauft ist? Klar. Ihr seid ja Moslems. Ich vergaß.› Er drehte sich zu Sascha um. ‹Ein Jammer is das. Um eine Taufe wirst du wohl nicht herumkommen, wenn du hier bleiben willst. Wir sind im christlichen Abendland.›

Sascha krempelte die Ärmel hoch. ‹Dann müssen wir's ihr wohl zeigen.›

‹Erst mal musst du ins Wasser rein›, belehrte Ingo die zitternde Yara und gab ihr einen Stoß nach vorn, dass sie mit dem Hintern in der Pfütze landete. ‹Und dann kommt der Pfaffe und kippt dir Wasser über'n Kopf.›

Er gab Sascha ein Zeichen. Der zog Yara den linken Schuh aus, füllte ihn mit Wasser und goss die trübe Brühe über ihren Kopf. Yara rang nach Luft. Als sie aufstehen wollte, sprach Ingo weiter.

‹Manchmal tauchen die einen auch ganz ins Wasser rein. Das ist bei einigen Sekten so. Das ist dann besonders schön. Er wandte sich an Sascha. Wenn du mal so freundlich bist und der Kleinen das zeigst.›

Sascha packte Yara am Kragen und tauchte ihr Gesicht in die Pfütze ein, hob es wieder hoch, tauchte es wieder ein und noch ein drittes Mal. Jedes Mal verlängerte er die Zeit des Untertauchens und ließ Yara dazwischen weniger Zeit zum Luftholen.

‹Dreimal ist notwendig›, grinste er. ‹Ich hoffe, du weißt, warum. Wenn nicht. Ich helfe gern - im Namen des Vaters, des Sohnes und des Heiligen Geistes.›

Danach ließ er die hilflose Yara in der Pfütze liegen.

‹Und nun die Warnung!›, krähte Ingo. ‹Wenn du nicht machst, dass du von hier wegkommst und zwar möglichst schnell, können wir für nichts garantieren. Und lass unsern Freund Florian aus dem Spiel. Wir kennen einige, die würden nicht so fein mit dir umgehen. Bis jetzt haben wir sie noch zurückhalten können. Aber wie lange, wissen wir auch nicht. Ich wiederhole mich nicht gern aber für dich noch mal›, brüllte er anschließend in Yaras Ohr. «Dein Typ ist hier nicht gefragt.›

Sascha warf den Schuh in die Pfütze. Der landete direkt neben Yara. Dann entfernten sich die Zwei.»

... Jetzt trommelte ich mit den Fäusten gegen Florians Brust. «Und du warst dabei?»

«Nein, natürlich nicht, aber ich habe alles aus meinem Versteck heraus beobachtet. Seit zwei Tagen hatte ich die Beiden nicht mehr gesehen. Heute liefen sie mir zufällig über den Weg. Ich folgte ihnen heimlich, weil ich ahnte, dass sie wieder was Verbotenes vorhatten.»

«Und hast dich nicht getraut, herauszukommen und einen klaren Schnitt zu ziehen?»

«An dem Tag noch nicht.»

«Wie? Geht das etwa noch weiter?» Ich wollte es nicht glauben, aber es war so.

Florian fuhr fort: «Sie haben wohl so reagiert, weil ich ihnen zwei Tage zuvor die Meinung gegeigt hatte. Ich ging auch nicht mehr mit ihnen in die Kneipe zu diesem Saufgelage. Daraufhin gaben sie Yara wohl die Schuld und drehten völlig durch.

Am nächsten Tag wartete ich wieder vor der Kneipe und folgte ihnen. Nach dem unglückseligen Schlammbad ruinierten sie Yaras Einkäufe.

‹Damit du nicht so viel schleppen musst›, sagte Ingo und griff in ihre Einkaufstüte. Mit seinem Taschenmesser stach er die Milchtüte auf, nahm einen kräftigen Schluck, reichte sie an Sascha weiter und als dieser sagte: ‹Igitt, igitt. Willste mich vergiften?›, ließ er die Milch in den Rinnstein laufen. Vom Brot schnitt er eine Scheibe ab, kaute sie kurz durch, spuckte sie daraufhin in hohem Bogen aus und meinte: ‹Damit kannst du allenfalls noch die Vögel füttern.› Er holte aus, um das Brot in den nächsten Mülleimer zu werfen. Yara machte einen verzweifelten Versuch, es zu verhindern.

‹Bitte nicht. Das ist von meinem letzten Geld gekauft.›

‹Ich versuch' nur, dir zu helfen›, grinste Ingo schadenfroh. ‹Oder willst du dich und deine ganze Familie vergiften?›, dann holte er aus und traf beim ersten Wurf.

‹Mensch, so gut warste noch nie›, lobte Sascha. ‹Lass uns mal nachsehen, was die Kleine noch gekauft hat.› Er beugte sich über die Tüte und schaute hinein.

Dafür musste er Yara kurz loslassen. Diesen Augenblick nutzte sie zur Flucht.

Wieder beobachtete ich die Szene aus meinem Versteck heraus, und wieder war ich zu feige, mich einzumischen und die Freunde so richtig zusammenzustauchen.»

... Ich war erschüttert, konnte nicht sprechen. Was war dieser Florian doch für eine Niete. Er musste wohl erraten haben, was in mir vorging, denn plötzlich sagte er: «Ja, zeig's mir mal so richtig, wie du mich verachtest. Ich tu es ja selbst. Hab' mir bis heute nicht verziehen, dass ich das mit angesehen habe.

Tags darauf lauerten ihr die Beiden wieder auf. Yara hatte einige Kleidungsstücke vom Roten Kreuz geschenkt bekommen, die sie nach Hause bringen wollte. Ingo entwendete ihr geschickt den großen blauen Plastiksack.

‹Mensch, Sascha, guck mal›, sagte er und zog eine noch gut erhaltene Jeanshose heraus. ‹Das war mal meine. Die hab' ich gespendet.›

‹Willst du dich nicht bei Ingo bedanken?›, forderte Sascha und stierte Yara mit glasigen Augen an.

‹Ist nicht nötig›, meinte Ingo. Er fuchtelte mit dem Messer an der Hose herum. ‹Die ist schon kaputt, seh' ich grade.›

Zack, zack, schnitt das Messer ein Loch in die Hose. ‹Die kannst du vergessen. War wohl doch nicht meine. Meine Sachen sind astrein.›

So wie der Hose erging es noch einigen anderen Kleidungsstücken. Zuletzt ließen sie Yara alles wieder einpacken und sagten: ‹'Nen schönen Schrott haben sie dir da angedreht. Ich fürchte, dass du doch unsern Schutz brauchst. Kannst ja nichts alleine regeln.›

Yara weinte nicht, aber sie war kurz davor.

Tags darauf blieb sie den ganzen Tag zu Hause. Auch danach ging sie uns aus dem Weg.»

Kapitel 17

Was ich eben gehört hatte, brachte mich zum Kochen. Ich war wütend, so wütend, dass ich mich richtig zusammenreißen musste, um ihm nicht noch Eine zu kleben. Aber was hätte das gebracht? Den Feigling hätte ich nicht aus ihm herausprügeln können. Gewalt ist nie eine Lösung, das habe ich früh von meinen Eltern gelernt. Ich wäre dann ja nicht besser als er gewesen. Aber irgendwie musste ich mich abreagieren. Ich konnte Florian nie ausstehen. Jetzt schlug meine Abneigung in Hass um. Ich sprang von der Couch hoch. Vergeblich machte er einen Versuch, mich zurückzuhalten. Ich stieß ihn von mir. Er fiel zurück in seine Sofakissen.

«Du Arsch, du widerliche Kreatur. Du bist nicht nur feige, sondern auch dumm. Du nennst diese beiden Schläger deine Freunde. Hast du Angst, sie zu verlieren oder Angst, Ingo könnte dich zusammenschlagen? Du bist doch angeblich sein Freund. Weißt du eigentlich was ‹Freund› bedeutet? Du machst gemeinsame Sache mit Kriminellen. Und Yara? Wie konntest du zusehen, wie sie ihr wehtun? Damit hast du genauso viel Schuld wie die beiden Säufer. Du hättest es verhindern müssen», schrie ich ihm mitten in seine Visage.

Ich rannte zur Tür, ehe er was sagen konnte. Seine Mutter rief mir irgendwas hinterher. Ich verstand es nicht.

Das Schlimmste war, dass Yara mir nichts gesagt hatte. Das musste ich erst einmal verdauen. Warum hatte sie die Drei gedeckt? Hatte sie kein Vertrauen zu mir?

Als ich die Treppe hinunterlief, kam Florian mir nachgerannt.

«Hau ab. Was willst du? Ich kann deine blöde Fresse nicht mehr sehen», keifte ich und stieß ihn fast von der Treppe. *Auch gut,* dachte ich. *Dann ist das Problem gelöst.* Er hielt sich am Geländer fest, schon stand er wieder.

«Ingo und Sascha sind keine Schläger», sagte er. «Im Gegenteil. Sie sind gute Kumpels. Sie haben Yara nicht geschlagen.»

«Das vielleicht nicht, aber so ziemlich alles andere.» Ich schob ihn noch einmal von mir weg. Seine Nähe war mir widerlich.

«Warte mal», bat er. «Ich beweise es dir. Gib mir ein bisschen Zeit.»

«Kein Bedarf.»

Wieso gab er nicht auf. Merkte er nicht, dass ich in dem ganzen Schleim, den er von sich gab, ertrank? Er folgte mir bis auf die Straße. Als er merkte, dass es besser war, mich im Moment in Ruhe zu lassen, ein Wunder, dass er soweit dachte, rief er mir hinterher: «Ich komme morgen Nachmittag zu dir nach Hause. Lass uns nochmal reden.»

In dieser Nacht konnte ich schlecht einschlafen. Ich lag wohl an die zwei Stunden in meiner Gruftihöhle und hörte leise Musik. Aber das brachte mich auch nicht auf andere Gedanken.

Am nächsten Tag in der Schule musste ich meinen Frust erst mal an Yara auslassen.

«Warum hast du die Jungs gedeckt?», schrie ich außer mir vor Wut. Mir war im Moment egal, ob ich Yara damit verletzte. Ich war wütend, dass sie mich nicht eingeweiht hatte.

Yara sah mich mit großen Augen an, aber das zog bei mir nicht.

«Was, ... was meinst du?»

«Das Spiel ist aus. Florian, dieser Penner, hat mir gesagt, was er gestern von dir in der Schule wollte: nachfragen, ob du die Jungs bei mir verpfiffen hast.»

«Verpfiffen?»

«Gib dir keine Mühe. Falls dir ›verpfiffen‹ nichts sagt, dann eben verraten.»

«Dann weißt du es jetzt also.»

«Ja, jetzt weiß ich, dass du kein Vertrauen zu mir hast. Hat Florian sich wenigstens bei dir entschuldigt?»

«Er sagte, tut ihm Leid, dass er nicht geholfen hat. Ich sagte: ›Ja, warum hast du nicht?‹ Dann gab er mir sein Wort, dass die Jungs mich in Ruhe lassen, wenn ich dir nichts sage.»

«Und das hast du ihm geglaubt?»

«Sie lassen mich in Ruhe, sicher. Wenn es rauskommt, was sie getan haben, bekommt Florian kein Cross Rad und Sascha kein i-Phone zu Weihnachten. Ingo hat sehr strenge Eltern. Sein Vater würde sagen: ›Wie kannst du uns das antun? Niemand war in unserer Familie kriminell. Zur Strafe bekommst du drei Monate kein Taschengeld, einen Monat Hausarrest, Fernsehverbot und darfst nicht mehr mit deinen elektronischen Geräten spielen.‹ Davor hat Ingo Angst. Sein Vater nennt ihn ›Versager‹ und zwar oft, hat Florian gesagt. Ich hatte Mitleid mit den Jungs.»

«Mitleid? So, wie sie mit dir? Wusstest du das schon in den Ferien? Hast du deshalb geschwiegen?»

«Ja. Einen Tag, bevor du vom Urlaub zurück warst, besuchte Florian mich. Er sagte, mein Onkel aus dem Lager hat ihm meine Adresse gegeben. Er entschuldigte sich und bat mich, dir nichts zu sagen. Er wusste, dann würden seine Eltern davon erfahren und danach Saschas und schließlich Ingos Eltern. Die Drei sind auch nur Opfer.»

«Auch Opfer? Wenn die Opfer sind, was bist dann du?» Ich wandte mich von ihr ab. Sollte sie doch allein sehen, wie sie zurechtkam. Ich war enttäuscht von ihr.

Auf einmal legte sie ihren Arm ganz sacht auf meine Schulter.

«Ich wollte es erzählen, wirklich. Aber du warst nicht da. Ich musste das erst mit mir selber ausmachen. Ich hatte wieder diese Albträume, die ich schon vergessen hatte. Die Straßen brannten, die Luft war voll von Rauch. Kampfgefecht in meinen Ohren. Ich sah mein kaputtes Haus und die Überreste meiner Eltern und Geschwister in den Trümmern. Schreiend erwachte ich jede Nacht.

Als Florian kam und sagte, alles wird gut, ging es besser. Nur das schlechte Gewissen blieb, weil ich dir nichts gesagt habe.»

«Ich wusste, dass was nicht stimmt mit dir. Du hast gesagt, es sei nichts, du wärst nur müde. Am letzten Tag vor meiner Abreise kamst du mit einem blauen Fleck und einer Schürfwunde an. Das war das erste Mal, dass dich die Drei bedrohten. Warum hast du damals nichts gesagt? Vielleicht wäre ich zu Hause geblieben und hätte meine Eltern allein fahren lassen.»

«Siehst du, das war der Grund, warum ich nichts gesagt habe. Ich wollte nicht deinen Urlaub verderben. Ich wollte es dir nach dem Urlaub sagen. Ist aber anders gekommen.»

«Es wäre besser gewesen, du hättest die Sau rausgelassen.»

«Sau?», fragte Yara leicht irritiert.

«Na, du hättest es erzählen sollen.»

Yara schluchzte. «Kannst du mir verzeihen?»

Ich nickte. «Aber die Jungs dürfen nicht so davonkommen. Was die gemacht haben, ist nicht nur eine Straftat. Es sind gleich mehrere: Körperverletzung, Nötigung, Sachbeschädigung und Beleidigung.»

«Ich weiß, aber es ist vorbei.»

«Nein, was anderes ist vorbei: die Zeit des Opferlamms. Zumindest Sascha und Ingo müssen die Konsequenzen tragen, eigentlich auch Florian, weil er zugeschaut hat.»

«Ich habe gelernt, es ist besser, sich zu ducken und rechtzeitig den Schwanz einzuziehen.»

«Da bist du bei mir an die Falsche geraten. Ich stehe auf dem Standpunkt: Lass' dir nichts gefallen, wehr' dich.»

Kapitel 18

Ich wusste, was ich tun musste. «Ruf deine beiden Kumpels an», sagte ich zu Florian, als er am Nachmittag zu mir kam. Ich will mit dir, Ingo und Sascha reden.»

Es dauerte eine viertel Stunde, dann klingelten die Beiden an unserer Tür. Lässig an die Hauswand gelehnt und ausnahmsweise mal nüchtern, stand Ingo im Flur. Sascha hatte sich auf den Treppenabsatz gesetzt.

«Was willst du?», fragte Ingo.

«Drinnen, nicht hier», sagte ich und zeigte auf die Tür.

Sie folgten mir mit finsteren Mienen, die Hände in den Hosentaschen vergraben. Es sollte cool wirken. Hatten sie wirklich keine Ahnung, warum ich sie hergebeten hatte?

«Ich mache euch Hamburger», rief Mama, als wir an der Küche vorbeigingen. Sie freute sich offensichtlich, dass ich so viel Besuch bekam. Das war noch nie vorgekommen.

«Vielleicht nachher», sagte ich. «Zuerst müssen wir reden.» Ich schob die Zwei die Treppe nach oben. Sie setzten sich ohne Kommentar auf mein Bett, wo Florian schon auf sie wartete: Ingo ganz links, neben ihn Sascha und Florian rechts.

Ich zog mir den Schreibtischstuhl heran, sodass ich ihnen direkt in die Augen schauen konnte.

«Klärt das erstmal unter euch», sagte ich. «Ich mische mich vorerst nicht ein. Wenn ihr fertig seid, sage ich was dazu. Aber wenn ihr beleidigend werdet, schmeiße ich euch raus.»

«Dann hat Yara also doch gequatscht», folgerte Sascha. Dabei warf er einen hasserfüllten Blick auf Florian, hinter dem wahrscheinlich nur ich erkannte, wie sehr er den Freund vermisste.

«Nein, Yara hat dicht gehalten», verkündete Florian. «Ich habe Ulli alles erzählt.»

Ingo hob seine Faust und drohte. «Du willst unser Freund sein, Verräter!»

«Ich habe Ulli von unserm Waffenstillstand erzählt. Wenn ihr euch nicht daran haltet, gebe ich Yara den Rat, euch anzuzeigen. Ihr wisst, dass sie das kann. Was ihr gemacht habt, reicht für den Jugendknast. Ich war Zeuge, vergesst das nicht. Außerdem seid ihr dann endgültig für mich gestorben.»

Waffenstillstand. Das klang, als befänden wir uns im Krieg. Kann es sein, dass die Saat eines Krieges manchmal schon im Kindes- und Jugendalter gelegt wird? Bisher dachte ich, Kinder wären ohne Vorurteile. Aber gibt es nicht auch bei Kindern Zank und Streit, der manchmal damit endet, dass jemand eine blutige Nase davonträgt oder ein blaues Auge? Ist die Gewalt dem Menschen etwa angeboren? Sind nicht in diesem Fall die Erwachsenen besonders gefragt, uns durch ihr Vorbild den rechten Weg zu weisen? Ich war gespannt, wie Ingo und Sascha auf Florians Provokation reagieren würden.

«Interessant», pfiff Ingo durch seine Zähne. «Du hast vergessen, dass du zugesehen hast. Du bist genauso dran wegen unterlassener Hilfeleistung.»

«Ist mir egal. Ich streite gar nichts ab. Ist mir sowieso peinlich genug, das Ganze. Hätte ich bloß reagiert.»

«Dann sind wir wohl nicht mehr deine Freunde.»

«Klar doch. Das seid ihr weiterhin.»

«Entweder die oder wir», drohte Sascha plötzlich.

«Wieso?»

«Meinst du etwa, wir machen gemeinsame Sache mit dem Asylantenpack?», sagte Ingo. «‹Erst waren's die Türken, dann die Polen und Russen, später die Rumänen, jetzt kommt schon der ganze Ostblock›, hat mein Vater gesagt. Alle sind nur auf unser Geld scharf.»

«Hat mein Vater gesagt, hat mein Vater gesagt», äffte Florian ihn nach. «Mensch, kannste nich alleine denken?»

«Verpiss dich, sonst vergesse ich mich», knirschte Ingo.

In diesem Augenblick kippten die Verhandlungen. Es war ein Punkt erreicht, an dem jede Partei ihr Gesicht wahren wollte. Man redete nicht mehr sachlich, sondern wurde privat und griff die gegnerische Partei an.

Florian maß die Freunde geringschätzig. «Vor euch habe ich keinen Schiss. Ihr könnt wohl kleine Mädchen einschüchtern, mich nicht. Wer musste denn Yara auf dem Schulhof ansprechen? Wer hatte denn Schiss vor Ulli? Wer ist nun der Feigling?»

Florian griff seine Freunde direkt an. Er beleidigte sie. Mir kam das Wort «Ehre» in den

Sinn. Wie viele Straftaten werden im Namen der Ehre begangen?

Sascha, der nur zugehört hatte, mischte sich jetzt ein. «Feige oder nicht. Wir wollen nichts mit den Asys zu tun haben.» Er stand auf, warf einen Blick auf Florian, der so viel sagen sollte, wie: «Diskussion beendet» und ging Richtung Tür.

Soviel Entschlossenheit hätte ich Sascha nicht zugetraut.

Florian hielt ihn an der Jacke zurück. «So einfach ist das für dich? Was sagst du dazu, Ingo?», wollte er wissen.

«Ich steh' voll hinter Sascha.»

«Ach. War das sonst nicht umgekehrt. Ich dachte, Sascha läuft dir nach wie ein Hund.»

«Sieh' dich vor!», Sascha drehte sich um, bückte sich zu Florian runter und holte mit seiner Faust aus. Florian erhob sich blitzschnell und fing den Schlag mit seiner Rechten ab. Als einziger saß nur noch Ingo auf der Couch.

«Gib dir keine Mühe. Bei mir kannste nich landen. Heb' deine Kräfte lieber für die auf, die kleiner und schwächer sind als du. Obwohl», er maß Sascha geringschätzig von oben bis unten, «das kaum möglich ist. So Winzigkleine gibt es ja nicht.»

Sascha lief rot an.

Ich spürte, dass in diesem Augenblick alles verloren war, mischte mich aber noch nicht ein. Das hätte wahrscheinlich dazu geführt, dass sie mich angegriffen hätten.

«Es stimmt, ich bin der Kleinste von euch aber ein Jahr älter, also schlauer.»

Ein leises Lachen kam aus Florians Mund.

«Es stimmt auch, dass ich meist Ingos Meinung teile, aber nur wenn ich Lust dazu habe. Ihr werdet euch noch wundern, wozu ich fähig bin.»

«Ach ja.»

Ingo schlug sich auf Saschas Seite, weil er bemerkte, dass der nicht weiter wusste. Im Laufe der Geschichte sind viele Kriege dadurch entstanden, dass ein Regent einem anderen in einem Konflikt zur Seite stand. Was letztendlich dazu führte, dass der Konflikt sich ausweitete.

«Lass Sascha in Ruhe. Du hast dich für die Mädels entschieden. Was willst du noch von uns?», fuhr er dazwischen.

Nun musste wiederum Sascha dagegenhalten, damit nicht der Eindruck entstand, er hätte die Hilfe von Ingo nötig.

«Ich kann ganz gut auf mich allein aufpassen», giftete er zurück. Nur nicht den Verdacht bestärken, er wäre ein Satellit von Ingo «Ich brauch' deine Hilfe nicht.»

Ingo war zwar etwas schwerfällig im Denken, aber sonst ein guter Kerl. Man konnte förmlich sehen, wie es in seinem Hirn arbeitete. Dann biss er sich auf die Zunge. Also hatte er den versteckten Wink verstanden.

Auch ich ersparte mir einen Kommentar, denn ich wollte nicht unnötig Öl ins Feuer gießen. Ich hatte mir von diesem Gespräch zwar Klärung versprochen und hoffte noch immer auf eine Versöhnung, vielleicht hatte ich aber zu viel für den Anfang verlangt. Irgendwann würden die Jungs schon zur Vernunft kommen, heute sicher nicht mehr. Nun hatte ich das Gegenteil von dem erreicht, was ich mir vorgenommen hatte. Sogar Ingo und Sascha blafften sich an.

Ich versuchte noch zu retten, was zu retten

war, aber sie stellten sich taub. Zu diesem Zeitpunkt hätte ich ihnen sonstwas erzählen können. Sie hatten sich längst ihre Meinung gebildet: «Mit Asylanten zusammen? Nein.»

Yara hatte ich zum Glück nicht dazu gebeten. Die wäre von Anfang an ein rotes Tuch für die Beiden gewesen. Allein ihre Anwesenheit hätte die Sache verschlimmert.

Nichts wollte klappen. Ich hatte das Gefühl, dass ich die Gräben immer weiter aufriss. Irgendwann verließen Sascha und Ingo wütend die Wohnung, nachdem sie sich halbwegs miteinander versöhnt hatten.

«Dann macht's gut», rief ich ihnen nach. «Ich hoffe, eines Tages merkt ihr, wie Unrecht ihr Yara getan habt.

«Niemals», polterte Ingo.

Florian blieb noch. Auf ihn hätte ich gern verzichtet, denn es wurde mir immer klarer, dass ich zuerst Ingo und Sascha auf unsere Seite ziehen musste. Die Beiden waren die härteren Brocken. Florian würde dann von allein zu uns stoßen. Den hatten wir ja sowieso schon am Haken.

Zum ersten Mal wurde mir bewusst, dass die Diplomatie, laut Duden: ‚Die Kunst des Verhandelns und Vermittelns zwischen unterschiedlichen Parteien', eine Kunst im wahrsten Sinne des Wortes ist. Und Kunst liegt mir nicht. Da bin ich schon immer eine Niete gewesen. Kunst erfordert Kreativität und kreativ bin ich keinesfalls. Außerdem gab es mir zu denken, dass etwas, das künstlich herbeigeführt wird, von langer Dauer sein sollte. Ist es nicht vielmehr so, dass jemand nur durch Einsicht geneigt ist, sein Verhalten zu ändern?

Kapitel 19

Was ich befürchtet hatte, trat ein. Seit diesem Tag wurden wir Florian nicht mehr los. Er folgte uns, wie ein Schatten. Man merkte ihm zwar an, dass er seine Freunde vermisste und darunter litt, aber er hielt Wort und blieb bei uns. Ich wusste nicht, ob mir das so recht war. Ich wollte auch mal mit Yara allein sein. Yara und ich waren keine Ersatzfiguren für Ingo und Sascha. Und außerdem fand ich die Zahl Drei ungünstig. Das war einer zu viel, fand ich.

Während Florian sich enger an uns band, wurde die Kluft zwischen seinen alten Freunden und ihm größer. Obwohl Florian den Kontakt zu ihnen suchte, schnitten sie ihn. Yara, die das bemerkte, gab sich die Schuld. War ja klar.

«Du bist traurig», sagte sie. «Und ich habe Schuld.»

«Quatsch», entgegnete Florian, «keiner hat Schuld.»

«Das will ich meinen», bestätigte ich.

Aber das half ihr nicht weiter. Sie war besessen von dem Gedanken, dass sie die Freundschaft der Jungen zerstört hatte.

So verbrachten wir die nächsten Wochen mehr schlecht als recht. Ich sehnte die Tage zurück, an denen ich mit Yara allein gewesen war.

Die Herbstferien standen vor der Tür. Florian verfiel in Melancholie. «Im letzten Jahr bin ich gemeinsam mit Ingo und Sascha um die Häuser gezogen. Wir könnten zu fünft was unternehmen, wären die Beiden nicht so sture Holzköpfe.»

Ein Zeichen für mich, dass er ihnen noch immer nachtrauerte. Ich sage mir stattdessen: Wenn jemand nicht will, hat es keinen Sinn, ihn zu zwingen. Ich hoffte, dass Flori das bald einsah, denn es nervte, seine Leidensmiene mit anzusehen.

Fünf Tage fuhren wir nach Ratzeburg ins Zeltlager und zwar alle drei. Meine Eltern zahlten die Reise für Yara und mich. Florian hatte sich spontan entschlossen, mitzukommen. Seine Eltern hatten genügend Geld, um die Reise zu finanzieren. Florians Eltern sind so ähnlich gestrickt wie meine, deshalb verstehen die Alten sich auch so gut.

Ingo und Sascha blieben zu Hause.

«Die Langeweile wird sie umbringen», meinte Florian.

«Bis jetzt war ich ihr Motor. Sie sind so phantasielos. Saschas Eltern kümmern sich kaum um ihn und seine kleine Schwester. Sie arbeiten Nächte durch in ihrer Kneipe und lassen ihre Kinder jeden Abend allein. Sascha hat zwar viele Freiheiten, um die Ingo und ich ihn beneiden. Ich möchte aber trotzdem nicht mit ihm tauschen. Sascha wünscht sich nichts sehnlicher, als dass seine Eltern mehr Zeit mit ihm verbringen.»

«Kann schon sein, dass er vernachlässigt wird, aber das ist noch lange kein Freibrief dafür, andere Menschen zu drangsalieren», sagte ich.

«Natürlich nicht, aber es ist zumindest eine Erklärung.»

«Wie man's nimmt.» Eigentlich war mir

Sascha egal. Ich musste mich notgedrungen mit Florian abfinden. Er war das geringere Übel. Auf Sascha und Ingo hatte ich absolut keinen Bock. Und dennoch hörte ich mir an, was Florian zur Verteidigung seiner Freunde vorbrachte. Meine Eltern hatten mir früh beigebracht, dass man jedem Menschen eine Chance geben sollte.

«Saschas Eltern sind passiv. Nie unternehmen sie was mit ihm. Einmal im Jahr fahren sie auf die Malediven. Anfangs wusste ich nicht mal, wo das ist, musste es erst googeln. Aber du musst nicht denken, dass sie Sascha mitnehmen.»

«Nicht?»

«Nein, sie lassen ihn jedes Jahr 14 Tage mit seiner Schwester allein zu Hause. Am Geld liegt es nicht. Sein Vater hat Kohle genug. Klar, dass Sascha wilde Partys in der Kneipe seiner Eltern feiert und seine kleine Schwester ist immer mit dabei. Die hat es schon faustdick hinter den Ohren. Wir hatten massenhaft Stoff zum Saufen, auch die Kleine mischte mit, und niemand störte uns. Die Kneipe war ja geschlossen. Leider durfte ich nicht so lange bleiben wie Ingo. Meine Eltern passten höllisch auf. Sascha und er sind dann noch weitergezogen, durch andere Kneipen.»

«Was passierte mit Saschas Schwester? Die ist doch erst Zwölf?», fragte ich.

«Sie haben gewartet, bis sie vor Erschöpfung einschlief. Manchmal fiel sie schon in der Kneipe um. Der Alkohol tat seinen Teil dazu.»

«Das ist Verletzung der Aufsichtspflicht. Die Eltern sollte man anzeigen», rief ich empört.

«Sascha sollte auf die Kleine aufpassen. Er ist doch schon Sechzehn.»

«Aber noch nicht volljährig. Das kann man

ihm nicht zumuten. Du bist also früher gegangen. Was war mit Ingos Eltern? Wunderten die sich nicht, wo ihr Sohn so lange blieb?», wollte ich wissen.

«Ingos Eltern sind einfache Leute. Der Vater schuftet schwer auf dem Bau, die Mutter sitzt an der Kasse bei Aldi. Die sind abends platt, wenn sie nach Hause kommen. Geld haben sie keins, sind immer pleite. Als der Vater arbeitslos war, konnte Ingo nicht mal mit auf die Klassenreise.

Ingo ist schlauer als die. Er wusste, wie er seine Alten austricksen musste. Wenn er kam, schliefen sie längst. Er schlich sich ins Bett, ohne dass sie was peilten. Vielleicht haben sie am nächsten Morgen nicht mal in sein Zimmer geschaut, bevor sie gingen. Vielleicht hätten sie nicht mal bemerkt, wenn er woanders übernachtet hätte. Nachmittags, wenn seine Mutter nach Hause kam, war er wieder nüchtern. Und am nächsten Tag lief das Spielchen nach demselben Schema ab. Hätte Ingos Vater was mitbekommen, wäre es ihm allerdings schlecht ergangen.»

Ich verstand die Situation von Ingos Eltern, die abends so müde waren, dass sie wahrscheinlich vor dem Fernseher einschliefen. Dass Ingo jedoch nicht mit auf die Klassenfahrt durfte, tat mir leid.

«Es gibt Zuschüsse für Bedürftige. Ingo hätte nicht zu Hause bleiben müssen», sagte ich.

«Wie bist du denn drauf? Denkst du, Ingos Eltern würden einen Antrag ausfüllen, um Gelder zu bekommen? Nee. dafür sind sie zu stolz.» Sie haben nicht mal so viel, um in den Schwarzwald zu fahren.»

«Aber deine Eltern. Was haben die gemacht? Du hast auch gesoffen? Haben die nie was bemerkt?»

«Ich habe mich immer zurückgehalten. Ein einziges Mal. Da ging es mir wirklich schlecht. Danach habe ich keinen Tropfen mehr angerührt.»

«Erzählst du mir davon?»

Florian setzte sich bequem hin und erzählte: «Ich hielt mich bei den Saufgelagen zurück, weil ich wusste, dass meine Eltern aufmerksam sind, machte niemals in der Nacht mit, sondern blieb meistens nur bis in den frühen Abend.

Einmal tankte ich aber doch zu viel. Gegen 18 Uhr drückte ich auf den Klingelknopf in unserer Wohnung. Ich hatte versucht, mit Pfefferminzdragees und Mundspray die Alkoholfahne zu überdecken. Meine Mutter öffnete. ‹Komm rein. Wir sitzen schon am Tisch›, begrüßte sie mich. Als ich an ihr vorbeiging, stutzte sie kurz. Die Fahne roch man trotz Pfefferminz. Sie ließ sich aber nichts anmerken. Ich riss mich auch mächtig zusammen, wenn du verstehst, was ich meine, keine unnötige Öffnung des Mundes, kein schwankender Gang.

Fünf Minuten später saß ich am Tisch. Ich hatte mir die Zähne geputzt und ausgiebig mit Odol gegurgelt. Meine Hände zitterten ein wenig, als ich nach dem Brot griff. Mein Vater wollte gerade was sagen, ließ es aber. Ich glaube, meine Mutter hatte ihm unterm Tisch einen Tritt versetzt. Also räusperte er sich und versuchte den Satz, den er begonnen hatte, bevor ich klingelte, zu Ende zu führen. Er sprach von seiner Arbeit und wie er als Betriebsrat verhindert hatte, dass ein Angestellter entlassen wurde.

Während er sprach versuchte ich Haltung zu wahren, spürte aber schon eine leichte Übelkeit. Ich biss von meinem Brot ab und wunderte mich, warum meine Eltern so wenig Notiz von mir und meinem Zustand nahmen. Sie mussten doch merken, dass ich blau war wie ein Veilchen.

Plötzlich sagte meine Mutter: ‹Florian, ist dir nicht gut? Du siehst so weiß aus wie die Wand.›

Da hielt mich nichts mehr auf meinem Sitz. Ich rannte ins Bad und machte mir keine Gedanken mehr, ob meine Eltern die verdächtigen Geräusche hörten, die ich machte oder nicht.

Gut zehn Minuten später, erschien ich wieder bei Tisch. Inzwischen war das Geschirr abgeräumt, und meine Mutter sagte mit einem leicht ironischen Unterton: ‹Ich dachte mir, du willst sicher nichts mehr essen. Mein Gott, du siehst ja ganz grün aus und Augenränder hast du, schwarz wie die Nacht.›

Während ich mir mit rührendem Selbstmitleid meinen schmerzenden Magen hielt, quetschte ich zwischen den Zähnen hervor: ‹Bin heute wohl ein bisschen zu weit gegangen. Nehmt es mir nicht übel, aber ich lege mich ein wenig aufs Ohr.›

‹Ja, es ist nicht einfach, erwachsen zu werden›, philosophierte mein Vater.

‹Wenn das immer so anstrengend ist, möchte ich lieber Kind bleiben›, erwiderte ich und verschwand, nachdem ich mich in der Küche am Herd zu schaffen gemacht hatte, in mein Zimmer.»

«War das alles?», fragte ich enttäuscht.

«Es geht noch weiter, und das Beste kommt erst jetzt. Als ich da so lag mit all meinem Schmerz und mir schwor, dass ich nie wieder einen Tropfen Alkohol anrühren würde, klopfte es an meine Tür, und meine Mutter fragte: ‹Darf ich reinkommen?›

‹Wenn's sich nicht vermeiden lässt›, stöhnte ich. Da stand sie mit einer Tasse heißem Kamillentee im Türrahmen. Ich war gerührt.

Sie konnte ein Lachen gerade noch unterdrücken. Sah ja auch zu komisch aus, wie ich da zusammengekauert unter der Decke lag. Sowie ich mich bewegte, gluckerte es. Klar, hatte sie bemerkt, dass ich mir eine Wärmflasche auf den schmerzenden Bauch gepackt hatte, wie peinlich.

‹Hast du mir nichts zu sagen?›, fragte sie, als sie mir den Tee reichte.

‹Eigentlich schon, aber wo anfangen?›

‹Ich helfe dir ein wenig. Ihr wolltet mal probieren, wer am meisten verträgt.›

‹Nicht ganz, aber so ähnlich.›

‹Und? Hat es sich gelohnt?›

‹Wie meinste das?›

‹Na, ob sich das Saufen gelohnt hat?›

‹Kann man nich sagen.› Ich hielt mir den Bauch.

‹Es wird noch schlimmer, wenn morgen der Kater kommt.›

Ich wusste, wovon sie sprach. Aber half mir das?

‹Mir ist es auch mal so ergangen›, erzählte mein Vater, der eben mein Zimmer betreten hatte, dann setzten sich meine Eltern in trauter

Zweisamkeit auf meine Bettkante. In diesem Augenblick wurde mir ganz warm ums Herz.

Mein Vater erzählte, wie er mal über die Stränge geschlagen hatte. Damals hatte er mit seinem Kumpel eine Flasche Korn geleert. Singend und tanzend waren sie dann durch den Ort gelaufen, balancierten auf einer Mauer und fielen runter. Glücklicherweise passierte nichts. Papas Kumpel konnte weniger vertragen als er, deshalb brachte Papa ihn nach Hause. Die Mutter des Freundes gab ihrem Sohn eine Ohrfeige und ließ Papa vor der Tür stehen. Er traute sich nicht nach Hause. Hatte mächtig Angst vor seinen Alten. Also übernachtete er im Keller. Ihm ging's genauso dreckig wie mir. Am Morgen hatte er tierisches Kopfweh. Das Schlimmste aber hatte er noch vor sich: den Gang zu seinen Eltern. Die gingen nicht so fein mit ihm um, wie meine. Er tat mir leid. Da hatte ich es ja richtig gut getroffen.

‹Findest du nicht auch, Frank›, sagte meine Mutter. ‹Das Grün ist aus Floris Gesicht gewichen. Jetzt ist er richtig reif geworden.›

Mein Vater nickte.

‹Ihr wollt nur, dass ich rot werde›, jammerte ich. ‹Aber den Gefallen tue ich euch nicht.›

Dann machte ich eine Bewegung mit der Hand, so in der Art wie sie Queen Elisabeth wohl macht, wenn sie ihren Hofstaat entlässt und drehte mich auf die Seite. Sie verstanden sofort und ließen mich allein. Zufrieden lächelnd ließ ich mich ins Kopfkissen fallen und horchte ein bisschen an der Matratze, auf dem Bauch die Wärmflasche, den Magen mit Kamillentee beruhigt und in der Gewissheit, dass meine Eltern immer auf meiner Seite standen, auch wenn ich mal Scheiße baute.»

«Schöne Geschichte», sagte ich. «Sie könnte auch meine sein. Genauso hätten meine Eltern reagiert. Hast du dein Versprechen gehalten?»

«Ich habe seitdem keinen Tropfen mehr angerührt.»

Vieles war mir jetzt klarer. Ingo und Sascha hatten es nicht so einfach, wie Florian und ich. Wäre ich an ihrer Stelle gewesen, wer weiß, wie ich mich entwickelt hatte. Ich konnte von Glück sagen. Wieder einmal musste ich feststellen, dass meine Eltern die besten waren.

Im Leben gibt es nicht nur Schwarz oder Weiß. Die Grenzen zwischen beiden Extremen vermischten sich öfter, als ich dachte.

Kapitel 20

Es war inzwischen Ende November geworden. Die ganze Zeit hatte ich mit Argusaugen über Yara gewacht. Niemand sollte ihr zu nahe kommen und sie noch einmal beleidigen oder anderweitig verletzten. Ingo und Sascha hatten sich zurückgehalten. Wir sahen sie manchmal auf dem Schulhof. Ich bezweifelte, dass sie Florian eine Träne nachheulten. Aber ich sollte mich täuschen.

Heute dauerte der Unterricht bis 16 Uhr. Florian wartete schon vor dem Schuleingang auf uns, denn dienstags haben wir gemeinsam Schulschluss und gehen zusammen nach Hause. Wir haben fast denselben Weg, wohnen nur einige Straßen voneinander entfernt.

Wir quatschten ein bisschen dämlich und merkten nicht, dass Ingo und Sascha uns in einiger Entfernung folgten. Das taten sie an jedem Dienstag, wie wir später erfuhren, aber nie haben wir irgendwas bemerkt. Wahrscheinlich wollten sie wissen, was wir so trieben. Florian hatte mal angedeutet, dass die zwei ohne ihn nichts mit ihrer Zeit anzufangen wussten.

Es war so kalt, dass der Atem uns als weiße Fahne vorausflatterte.

Plötzlich blieb Florian stehen. Er deutete nach vorn. Auf der gegenüberliegenden Straßenseite schossen vier dunkle Gestalten aus einem Hauseingang.

«Oh Gott», sagte Yara und klammerte sich fester an mich.

Mit wenigen Schritten waren die Vier bei uns. Zuerst gingen sie auf Florian los. Zwei drängten ihn an die Hauswand, ein Dritter schrie, er solle seine Jacke ausziehen, der Vierte hielt Yara und mich in Schach. Die Angreifer waren gut einen halben Kopf größer als wir und sicher zwei bis drei Jahre älter. Als Florian der Aufforderung der Beiden nicht nachkam, halfen sie mit Ziehen und Zerren an seinen Ärmeln nach.

Einer von ihnen hatte die Jacke schon in der Hand, da kamen plötzlich Sascha und Ingo wie aus dem Nichts auf uns zugelaufen. Die Angreifer ließen von Florian ab und wandten sich, als sie sich von ihrer Überraschung erholt hatten, Sascha und Ingo zu. Wir Mädchen sahen unsere Chance. Unser Bewacher war nicht mehr ganz bei der Sache. Ich trat ihn erst vors Schienbein und gleich darauf in seine Weichteile. Laut schrie er auf. Da kam ihm der Vierte, der sich bis jetzt mit Florian beschäftigt hatte, zu Hilfe. Aber Florian lief ihm hinterher und drehte ihm den Arm um. Das verschaffte uns Zeit. Ich analysierte die Lage. Zwei waren mit Ingo und Sascha beschäftigt, den Dritten hatte Florian sich gekrallt. Ich nahm mir den Vierten vor, der etwas kleiner war als seine Kumpels.

Ingo hing im Schwitzkasten seines Angreifers. Yara stand neben mir und zögerte.

«Ich werde allein mit meinem fertig», schrie ich ihr zu.

Da besiegte sie ihre Angst. Kurz entschlossen stürzte sie auf den Angreifer zu, der Ingo vermöbelte und biss ihn in den Arm. Schreiend ließ er von Ingo ab. Das war das erste Mal, dass Yara sich wehrte. Fluchend ließen die Angreifer die Jacke fallen.

«Ihr Scheißkerle», rief einer von ihnen. «Müsst euch von Mädchen helfen lassen.»

«Wohl noch nicht genug», schrie Ingo und verpasste dem Rufer eine aufs Kinn.

Florian machte sich frei und sagte: «Ihr Feiglinge. Da seid ihr platt. Jetzt sind wir in der Überzahl. Damit habt ihr wohl nicht gerechnet.»

Ingo hielt seinen Gegner mit eiserner Faust am Kragen und drückte ihn an die Hauswand. Sascha trat einem der Vier vors Schienbein. Der fluchte laut und stolperte einen Schritt zurück. Sascha, der an ihm klebte, verlor das Gleichgewicht und fiel auf die Straße. Wir hielten die Angreifer trotz allem in Schach und kämpften so lange verbissen weiter, bis sie sich aus dem Staub machten.

«Bist du verletzt?», fragte Yara und wollte Sascha vom Boden aufhelfen. Der spürte ein Aufglimmen der alten Feindschaft und stieß sie weg.

»Du blutest ja», bemerkte Florian und deutete auf Yaras Gesicht.

«Nicht schlimm. Ist nur Nasenbluten. Habe ich öfter», antwortete sie.

Sascha griff in seine Hosentasche und reichte ihr mit einer unbeholfenen Geste ein Taschentuch. «Ich kann kein Blut sehen.»

«Hast dich gut gehalten, für ein Mädchen!», lachte Ingo und schlug Yara so hart auf den Rücken, dass sie fast vornüberkippte. Florian konnte sie im letzten Augenblick auffangen.

«Ihr wart aber auch nicht schlecht. Wenn ich an den Langen denke, der zwischen deinen Fäusten hin und herlief», lachte Yara mit einem bewundernden Blick auf Ingo. Der erinnerte sich wieder an die Szene.

«Ach, den Volltrottel meinste. Na, du warst auch nicht schlecht. Dein Vampirbiss hat mich gerettet.»

Dann wandte er sich Florian zu: «Ich hätte dir den kleinen Denkzettel schon gegönnt, aber Sascha hat gesagt: ‹Das hat Florian nicht verdient. Er war immer ein guter Kumpel. Und er hätte uns auch geholfen, wenn wir in seiner Lage wären.› Stimmt das?», vergewisserte er sich.

«Zweifelt ihr daran? Haben wir uns nicht geschworen: Einer für alle, alle für einen?»

«Eigentlich ging's mir nur um deine teure Jacke», feixte Sascha. «Die konnte ich den Angreifern doch nicht überlassen. Wäre schade um das gute Stück gewesen.»

Florian boxte Sascha leicht in die Seite. Wir lachten.

Danach war es still.

Genauso schnell, wie die Unbefangenheit gekommen war, war sie auch wieder verflogen.

Peinlich.

«Sind wir nun Freunde?», fragte Yara naiv in die Stille hinein.

Sascha und Ingo sahen sich an.

«Freunde?», dehnte Ingo das Wort. «Warum? Weil ich dir geholfen habe? Das Ganze war doch nur wegen Florian.»

Yara ließ den Kopf hängen.

«Aber wir können ja Freunde werden.» Er schlug der Kleinen noch einmal auf den Rücken.

Sie unterdrückte den Schmerz, aber ihre Augen strahlten.

«Wundere mich, dass du von Freundschaft sprichst, wo wir dich so abgebügelt haben», ergänzte Ingo.

«Ist schon vergessen. Wirst sehen, ich bin eine gute Freundin», sagte sie.

Eins wurde mir heute klar: Wollte man einen Konflikt bereinigen, musste man den richtigen Zeitpunkt abpassen. Yara hatte ihn getroffen, den richtigen Zeitpunkt. Durch ihr beherztes Eingreifen, und ihre mutigen Worte danach, konnten Ingo und Sascha gar nicht anders. Sie mussten einlenken. Vielleicht hatte auch Yaras Naivität dazu beigetragen. Es lag etwas Natürliches, Unverfälschtes in ihrem Wesen, das nicht nur mich faszinierte.

Sie wäre eine gute Konfliktlotsin: Natürlichkeit, Spontanität, Einfühlsamkeit und Gespür für den richtigen Moment waren ihr zweifelsohne gegeben.

Kapitel 21

Selbstverständlich wurden wir keine besten Freunde. Das hatte ich auch nicht erwartet. Aber wir respektierten uns seit diesem Tage. Sascha und Ingo rangen sich notgedrungen eine Entschuldigung bei Yara ab. Man merkte, wie schwer ihnen das fiel. Ich fand ihr ganzes Getue halbherzig. Yara aber verzieh ihnen. Sie hat ein großes Herz und kann niemandem lange böse sein.

Ich knöpfte mir die Beiden trotzdem noch mal vor, zusammen mit Mama. Wir luden sie zu Hamburgern ein, geschickt von Mama eingefädelt. Mama ist berühmt für ihre Hamburger. Als sie sich den Bauch vollgeschlagen hatten, brachte Mama das Gespräch auf den Alkohol und seine Folgen.

«Ihr seid doch zwei anständige Typen, die im nüchternen Zustand niemandem wehtun», sagte sie.

Sascha und Ingo nickten eifrig, während sie den letzten von insgesamt vier Hamburgern verdrückten. Wohlbemerkt: Jeder verdrückte vier.

«Dann solltet ihr nicht mehr saufen», mischte ich mich ein.

«Musst du immer so direkt sein?», fragte Mama.

«Mit denen muss man so reden», konterte ich und wandte mich wieder an die Jungen.

«Was, wenn ihr im Suff mal ernsthaft jemanden verletzt?»

Ingo schaute Sascha an und der ihn. Ja, was wäre dann? Soweit hatten sie noch nicht gedacht.

«Also lasst das Teufelszeug stehen. Ihr wisst jetzt, was es anrichten kann», sagte ich.

Mama sah mich an. «Jeder probiert mal, nicht wahr, Ulli?»

Ihre Stimme klang vorwurfsvoll, so als wollte sie mich an was erinnern. Ich kannte Mama und überlegte. Plötzlich wusste ich, was sie meinte. Mir stand es nicht zu, andere zu belehren. Vor einem Jahr war ich in der gleichen Situation gewesen. Nur hatten meine Eltern mich sofort aufgeklärt. Sie ließen mich nicht mit meinen Problemen allein, so wie Ingos und Saschas Eltern.

Ich lief rot an. Mama hatte Recht. Ich wollte den Beiden Moral predigen, war aber selbst nicht besser. Also lenkte ich ein: «Wenn Mama und Papa nicht gewesen wären, müsste ich heute jahrelang für einen Schaden aufkommen, den ich im Suff verbockt hätte.»

Das interessierte Ingo und Sascha, obwohl ich den Eindruck hatte, sie wollten nur von ihren eigenen Problemen ablenken.

«Es war auf der Geburtstagsfeier einer Freundin. Ich hatte alles durcheinander getrunken und fühlte mich sauschlecht. Mama und Papa wollten mich abholen. Ich war aber schon mit einigen Leutchen von der Party, alle älter als ich, weitergezogen. Mama und Papa klapperten alle Kneipen im Umkreis ab, bis sie mich fanden. Ich fing schon an zu randalieren, warf mit Stühlen um mich. Gut, dass sie rechtzeitig kamen, sonst hätte mich die Polizei in eine Ausnüchterungszelle gesteckt.»

Ingo grinste frech. Er hatte Oberwasser bekommen.

«Grins nicht so», sagte ich.

«Ich bin froh, dass auch du keine Heilige bist. Manchmal hatte ich den Eindruck, dass du unfehlbar bist. Jedenfalls hast du dich so benommen.»

Sollte ich wirklich so unsympathisch rübergekommen sein? Unfehlbar? Ich? Alles Unfehlbare fand ich schrecklich, kleine Fehler dagegen liebenswert. Wenn es wirklich so war, musste ich dringend gegensteuern. Widerwillig gestand ich mir ein, dass ich sogar von Sascha und Ingo noch was lernen konnte.

Sie heulten sich über ihre Eltern aus und lobten meine. Mama fand tausend Entschuldigungen, warum deren Eltern wohl so waren, wie sie waren: kein Geld, viel Arbeit, keine Zeit, Unsicherheit. Ich fand, all diese Gründe waren kein Freibrief, seine Kinder so zu behandeln. Das sagte ich aber nicht laut. Ich verstand, dass Mama den Jungs einen Auftrieb geben wollte.

Ich weiß nicht, ob das Gespräch was gebracht hat, bin aber sicher, dass noch kein Erwachsener mit den Beiden so geredet hat wie Mama. Das war mal fällig gewesen und Ingo und Sascha lechzten förmlich nach Beachtung. Als sie nach Hause gingen, fand ich sie das erste Mal völlig entspannt.

Sie blühten förmlich auf, weil sie Florian, ihren Motor, wiederhatten. Yara gefiel diese Allianz zwischen uns und den Jungs.

Langsam normalisierte sich unser Leben. Yara konnte aufatmen. Es gab zwar noch immer Menschen, die sie verachteten, aber ihr Umfeld war durch uns so gefestigt, dass ihr das nicht mehr viel ausmachte.

Für heute war ein Discobesuch angesagt.

«Damit du auf andere Gedanken kommst», sagte Ingo zu Yara. «Und deine Cola übernehmen wir.»

Ich wunderte mich seit einiger Zeit, wie weich Ingo sein konnte, wenn er wollte. Vielleicht hatte ich ihn falsch eingeschätzt. Also war ich doch nicht unfehlbar.

Wir konnten uns voll auf die Jungs verlassen und dennoch hatte ich ein mulmiges Gefühl. Tanzen war nicht so mein Ding. Im Stillen hatte ich gehofft, Yara würde ablehnen, aber sie freute sich riesig auf den Abend. Also behielt ich meine Bedenken für mich.

Ecki, der Tarzantyp, legte die Scheiben auf. Seine Muskeln an den Oberarmen und der Brust drohten sein Hemd zu sprengen. Ich war schon einige Male hier gewesen. Es gab nichts Besonderes. Ich konnte die Schwärmerei der Jungs nicht teilen.

In der Disco war es dunkel und heiß. Schwarzlicht ließ die weißen Hemden und Blusen violett, die Zähne der Besucher von neongelb bis perlweiß aufleuchten. An den Tischen um die Tanzfläche herum saßen Pärchen. Wir suchten uns einen Platz in der hintersten Ecke.

Florian fasste Yara bei der Hand und sagte: «Lass uns tanzen.»

Beide mischten sich unter die anderen Tänzer. Mein Blick hing wie Uhu an ihnen. Yara war meine Freundin. Die wollte ich mit niemandem teilen. Mir passte es nicht, dass sie mit Florian auf «Du und Du» machte. Sascha und Ingo nahm ich notgedrungen in Kauf. Die bedeuteten keine Konkurrenz für mich. Florian aber war gefährlich. Schon als wir noch zu dritt um die Häuser gezogen waren, hatte ich gespürt, dass Florians Interesse an Yara nicht rein freundschaftlich war. Die Blicke, die er Yara zuwarf, irritierten mich. Es lag etwas Geheimnisvolles in ihnen. Etwas, das ich noch nicht einordnen konnte, was aber mit jedem Tag stärker wurde und mir zu denken gab.

Immer häufiger korrigierte Yara ihr Äußeres. Und neuerdings benutzte sie sogar Make up und Parfüm. Eifersüchtig wachte ich über jeden Schritt, den sie machte. Den Discobesuch hatte ich ihr leider nicht ausreden können, aber ich wollte auf der Hut sein.

«Wollen wir auch?», fragte Ingo und sah mich mit seinen Hundeaugen erwartungsvoll an.

Es dauerte eine Weile, bis ich kapierte, was er von mir wollte. Ingo blieb hartnäckig und wiederholte seine Frage mehrmals.

Schließlich sagte ich: «Nimm' s mir nicht übel, Ingo. Ich kann nicht.»

Ich starrte weiterhin auf die Tanzfläche, wollte nichts verpassen. Flori legte seinen Arm um Yaras Taille. Irrte ich mich oder schmiegte Yara sich nun fester an ihn. Beide schienen miteinander zu verschmelzen. Sie kümmerten sich nicht um ihre Umgebung. Yara hatte die Augen geschlossen. Sie war so klein, dass sie ihren Kopf in seiner Halsgrube parken konnte. Wie ätzend. Ich schüttelte mich. Sollte ich dazwischen gehen? Aber was würde das bringen?

Ingo stand noch immer neben mir.

«Was gibt es da zu glotzen? Biste eifersüchtig?», fragte er, als er meinen Blick mit den Augen verfolgte.

Mein Kopf flog herum. «Natürlich nicht. Wie bist du denn drauf?»

«Sah mir aber ganz danach aus. In wen bist du denn nun verknallt? In Florian oder Yara?»

Mein Gesicht verfärbte sich. Ich kam aber nicht mehr zum Antworten, denn Ingo entdeckte eine Gruppe Jugendlicher, unter ihnen auch die Vier, die Florian abgezockt hatten.

«Wir haben ein Problem», meinte er. «Sieh mal, wer dort drüben steht.»

«Ach, du Scheiße», entfuhr es mir. Meine Probleme mit Florian waren auf einen Schlag vergessen.

Auch Sascha hatte die Vier bemerkt. «Was machen wir nun? Die haben mit uns noch eine Rechnung offen.»

«Habt ihr etwa die Hosen voll?», wollte Ingo wissen.

«Nein, aber man soll ja nicht provozieren!», fiel Sascha ein.

In diesem Moment kamen Yara und Florian an den Tisch zurück.

«Wollen wir heute noch ins Kino?», fragte Sascha die Beiden. Er dachte wohl, eine Flucht wäre jetzt das Beste.

«Wieso», wollte Florian wissen, «wo es doch grade so gut läuft.»

Für dich vielleicht, dachte ich.

Ingo schielte zu der Clique hinüber. «Erkennst du die da hinten wieder?»

Florian sah in die Richtung, die Ingo andeutete. «Klar, kenn' ich die. Jetzt haben sie uns entdeckt. Mir ist kotzübel.»

Die Gruppe setzte sich in Bewegung. Grelle Lichtblitze zerschnitten den Raum und zerhackten die Bewegungen der Jugendlichen in kleine Sequenzen. Sie liefen betont langsam. Es wirkte düster und bedrohlich und sah aus wie in einem Film, den ich mal gesehen habe. In den Filmen laufen solche Szenen immer in Zeitlupe ab, damit man jede Bewegung bis ins kleinste Detail verfolgen kann. Das soll die Spannung steigern. Meine Spannung war schon auf dem Höhepunkt.

«Lasst uns abhauen», schrie Florian.

«Nein», konterte Ingo. «Irgendwann finden die uns, also warum nicht gleich hier vor Zeugen?»

Manchmal war es gar nicht so dumm, was Ingo von sich gab.

Jetzt hatte der Längste der Gruppe uns erreicht. Er vermutete, dass Ingo der Anführer war und stellte sich breitbeinig vor ihn hin. In der zweiten Reihe bildeten seine Freunde eine Mauer. An ein Durchkommen war nicht zu denken. Der Riese fuhr sich mit der rechten Hand unters Kinn, warf einen hasserfüllten Blick in Ingos Richtung und sagte: «Kennen wir uns nicht?»

«Nicht, dass ich wüsste», konterte Ingo cool und lässig, wie ich fand. Man merkte ihm nicht an, dass er die Hosen voll hatte.

«Mach keinen Chef», erwiderte der Riese und ballte seine Faust. «Und die beiden Hühner kenne ich auch.» Er zeigte auf Yara und mich. Pech für euch. Dieses Mal sind wir in der Überzahl.»

Ich zählte nach: Sie waren zu zehnt.

«Verpiss dich!», schrie ich ihm frech ins Gesicht. Es war mehr aus Verzweiflung. Den Mut hatte ich schon längst verloren.

«Kannste haben.» Er grinste. Seine Kumpels grinsten zurück. «Mit uns habt ihr wohl nicht gerechnet. Habt geglaubt, ihr seht uns nie wieder, oder?»

Als wir nichts dazu sagten, griff seine Pranke nach mir und zerrte mich von den Freunden fort. Ich kratzte und biss ihn in die Hand. Da ließ er mich kurz los, aber nur, um mich gleich wieder zu packen. Diesmal umklammerten seine Arme mich wie eine eiserne Zange. Ich war nicht fähig, mich zu bewegen, sogar das Luftholen bereitete mir Schwierigkeiten.

«Mensch, eure Weiber haben mehr Mumm als ihr», sagte er anerkennend.

Der Riese überragte mich um einen ganzen Kopf. Seine Alkoholfahne wehte zu mir herab. Als ich an mir herunterblickte, sah ich seine Arme über meiner Brust verschränkt. Auf dem rechten Handrücken zeichneten sich eindeutige Bissspuren ab. Die waren von mir. Ich analysierte die Situation und dachte: *besser nicht bewegen, sonst reizt du ihn zusätzlich.*

«Wenn du was von mir willst, dann gehen wir vor die Tür. Aber lass die Mädels in Ruhe», schrie Ingo dem Langen mitten ins Gesicht. Als nichts passierte, fügte er zähneknirschend hinzu: «Bitte.»

«Sieh mal an, der Glatzkopf kann ja «bitte» sagen. Da habe ich wohl einen wunden Punkt getroffen», schnaubte der Riese.

Yara drängte nach vorn. Sie kullerte mit ihren Augen und sagte schüchtern aber bestimmt: «Lass Ulli gehen. Sie hat keine Schuld.»

«Ich glaub', ne Wanze hat eben in mein Ohr gezirpt.» Der Riese löste den rechten Arm von meiner Brust und bohrte mit seinem Zeigefinger im rechten Ohr herum, als wollte er das lästige Tierchen entfernen. Sein linker Arm schloss sich währenddessen noch einen Tick fester um mich.

Yara gab nicht auf. Ich bewunderte ihren Mut.

«Was habt ihr vom Streiten?», fragte sie, «es geht immer weiter. Das nächste Mal seid ihr dran. Wir haben auch viele Freunde.»

«Wenn ihr das nächste Mal überhaupt noch erlebt», lachte Goliath ihr frech ins Gesicht.

Jetzt tat Yara etwas, was mir im Traum nicht eingefallen wäre. Sie trat einen Schritt nach vorn und streckte dem Langen ihre Hand entgegen.

«Ich heiße Yara. Wir könnten Freunde sein.»

Wie peinlich. Aber es wirkte.

Der Riese stutzte. Ich konnte sein Gesicht nicht sehen, weil er mich noch immer fest im Griff hatte. Anscheinend wusste er nicht, was er davon halten sollte. Ich vermutete, dass er im Grunde auch ein anständiger Kerl war und keinen Streit wollte. Ich habe einmal gehört, dass 99% aller Menschen anständig sind. Schon dieses Gespräch war ihm anscheinend zu viel. Wahrscheinlich wollte er vor den Freunden sein Gesicht wahren. Yara war ein Mädchen. Es kam hinzu, dass sie viel kleiner war als er. Das machte sich nicht gut.

«Ist die Kleine euer Sprachrohr?», fragte er nach gefühlten Ewigkeiten. Es klang schon etwas milder. «Oder hat einer von euch Großen so viel Mum, für euch zu sprechen?»

Yara hielt ihm noch immer ihre Rechte entgegen, die er aber ignorierte. Enttäuscht ließ sie die Hand wieder sinken.

Florian drängte sie zur Seite und trat nach vorn. «Mit Leuten, die anderen die Sachen abziehen, wollen wir nichts zu tun haben.»

«Was meinst du, wieviel sie mir schon abgezogen haben», rechtfertigte sich der Lange.

«Ist das ein Grund, es genauso zu machen? Ich hab' sowas noch nie gemacht», verteidigte sich Florian.

Sascha, der bis jetzt geschwiegen hatte, zeigte plötzlich auf einen Jungen in der zweiten Reihe: «Dich kenne ich. Du bist Lukas aus der 10b.»

Plötzlich hatten die Fremden ein Gesicht. Sie waren nicht mehr nur die Abzocker: Einer von ihnen war Lukas aus der 10b.

«Und die beiden neben Lukas sind Kevin und Nicolas», erinnerte sich Ingo.

«Na und? Hast du was dagegen?», fragte der Lange.

«Nein, ich frage mich nur, was ihr von uns wollt und warum ihr die Gorillas mitgebracht habt.» Er zeigte auf die anderen Jungen, die sich noch bei ihnen befanden.

«Wir gehören zu einer Gang», sagte der Lange. «Wir müssen uns gegen die Rechten verteidigen.»

«Ich seh' hier keine Rechten», wunderte sich Ingo.

«Ach und warum hast du 'ne Glatze?»

Ingo fuhr liebevoll mit der Hand über seine Platte und grinste breit: «Das war 'ne Wette, Mann. Ich habe mit Sascha gewettet, und ich habe verloren. Was ihr seht, ist das Ergebnis.» Er lachte dröhnend. «Musste mir die Platte schon mehrmals nachrasieren. Das war Bedingung.»

«Und ich dachte ...», sagte der Riese. «Tut mir leid. Ich wollte den Rechten mal so richtig was auf die Mütze geben.»

«Man sollte nicht vom Äußeren schließen», lachte Florian.

«Meinetwegen behalte ich die Glatze noch länger, wenn ich dafür dein I-Pod bekomme», lachte Ingo und wandte sich an Sascha.

«Nee, nee. So haben wir nicht gewettet. Das ist mein bestes Stück», lachte Sascha. «Das gebe ich nicht her, schon gar nicht für 'ne Glatze von dir.»

«Dann seid ihr ja keine verdammten Abzocker, wie sie zurzeit in unsrer Schule herumlaufen», mischte ich mich ein, als der Lange endlich seine Hände von mir nahm. «Solche, die die Mitschüler einschüchtern und bedrohen. Als ich diese Typen neulich zur Rede stellte, wurde mir gesagt: Sie müssen uns die Sachen nicht geben. Die tun das freiwillig. Das ist ein Geschenk. Geschenke soll man doch annehmen, oder? Ist doch nichts dabei.»

Goliath entschuldigte sich: «Wir sind keine Engel, aber das Abziehen haben wir zum ersten Mal gemacht. Und es hat ja nicht geklappt. Ihr habt uns ganz schön eingeheizt.»

«Na, dann wisst ihr ja jetzt Bescheid. Versucht es lieber nicht noch mal», lachte ich halbwegs versöhnt.

Ingo schmachtete mich an.

Alles hatte sich zum Guten gewandt. Etwas später saßen wir friedlich mit den Fremden am Tisch und quatschten Blödsinn über die Schule, unsere Lehrer und die Eltern. Yara war so gelöst, wie ich sie noch nie erlebt hatte. Sie kicherte und blödelte herum. Ich glaube, sie freute sich mächtig über den Sieg, den sie errungen hatte.

Sie saß neben Florian. Ich fing die Blicke der Beiden auf, und ich wusste, dass ich auf der Hut sein musste.

«Wollen wir tanzen?», fragte Ingo mich noch einmal, und dieses Mal sagte ich nicht nein.

Kapitel 22

In dieser Nacht konnte ich nicht schlafen. Gedanken geisterten in meinem Kopf herum. Sie drehten sich um Yara. Sie hatte den ganzen Abend nur mit Florian getanzt. Die Beiden waren unzertrennlich gewesen. Nicht ein einziges Mal hatte Yara sich um mich gekümmert. Sie wusste wohl gar nicht mehr, dass ich existierte. Zuletzt hatte sie sich an Florian geklammert, wie ein Äffchen an seine Mutter. So eng, dass nicht mal mehr eine Zeitung dazwischen gepasst hätte. Ich hatte es aus den Augenwinkeln heraus beobachtet. Geradezu widerlich war das gewesen. Wieso machte mir das so viel aus? Eigentlich sollte ich mich freuen, dass Yara endlich hier Fuß gefasst hat. Stattdessen beobachtete ich sie eifersüchtig und fühlte mich seltsam hintergangen.

Ich sollte mit ihr reden. Vielleicht könnten wir im Gespräch einiges klären.

«Kommst du heute Nachmittag zu mir?», fragte ich sie am nächsten Tag in der Schule.

Schon lange hatten wir das nicht mehr gemacht, einfach nur zu quatschen.

«Ich finde, du hast dich gut bei uns eingewöhnt», begann ich.

«Ja, seit die Jungs bei uns sind, geht es besser. Die sind gar nicht so übel. Ich dachte erst, sie hassen mich.»

«Sensibelchen.» Ich knuffte sie in die Seite und rückte ein wenig näher. «Wer sollte dich nicht mögen. Selbst die Gorillas von gestern Nacht haben eingelenkt.»

Yara roch gut. Eine Locke aus ihrem Wuschelkopf hatte sich selbständig gemacht und kitzelte mich am Hals.

Was war nur mit mir los? Warum verunsicherte sie mich so?

«Florian ist wirklich süß, findest du nicht auch?», fragte sie in die Stille hinein, die mir unheimlich war.

«Also süß würde ich ihn nicht nennen, aber er ist schon ganz okay.»

«Ich bekomme immer eine Gänsehaut, wenn er in meiner Nähe ist.» Yara schüttelte sich, um zu unterstreichen, was sie empfand.

«Bist du etwa in ihn verliebt?» Ein entsetzter Blick von mir begleitete meine Worte. Aus irgendeinem Grunde war mir diese Vorstellung unangenehm.

Yara senkte den Kopf. Eine leichte Röte überzog ihr Gesicht. Es stimmte also: Sie war verliebt.

Mein Magen krampfte sich zusammen. Yara so dicht neben mir. Ich spürte ihre Wärme und den wunderbaren Geruch, der sie umgab. Ein Verlangen bemächtigte sich meiner, das mir bisher fremd gewesen war. Ich wollte sie küssen. Nicht so, wie sich zwei Freundinnen zur Begrüßung küssen, flüchtig auf die Wange, nein: Ich wollte sie so küssen, wie ein Mann ein Mädchen küsst, in das er verliebt ist. Ich zuckte zusammen, weil ich mich vor mir selbst erschreckte.

Nie hatte ich darüber nachgedacht, warum ich an Jungen nur als Kumpels interessiert war. Die Mädchen in meiner Klasse interessierten mich auch nicht. Ich fand weder an dem einen noch an dem anderen Geschlecht Gefallen. Auch Yara war mir am Anfang suspekt gewesen. Nein! Das ist nicht richtig. Zu Yara hatte ich gleich von der ersten Sekunde an eine animalische Anziehungskraft gespürt. Zwar konnte ich diese nicht einordnen, dachte anfangs an Hass. Aber es war eine unstillbare Sehnsucht gewesen, eine Leidenschaft, die mir erst zu Bewusstsein gekommen war, als Florian auftauchte. In diesem Moment, in dem Yara mir ihre Liebe zu Florian gestand, war ich mir sicher, dass ich meinerseits in Yara verliebt war. Das durfte aber nicht sein. Das konnte nicht sein. Das machte alles kaputt. Meine Freundschaft zu Yara und den Jungs. Doch je mehr ich darüber nachdachte, desto sicherer wurde ich mir. Ich liebte Yara. Ich liebte eine Frau so wie die meisten Frauen einen Mann lieben. Und ich hatte keine Chance, wiedergeliebt zu werden. Ich musste mein Geheimnis für mich behalten.

«Also bist du doch verliebt», seufzte ich.

Yara legte ihren Kopf vertraulich an meine Schulter. Warum tat sie das? Warum tat sie mir so weh?

«Ja, ich gebe es zu. Leugnen ist zwecklos. Ich habe mich verliebt.»

Wenn doch jetzt die verdammte Erde sich auftun würde und uns beide verschlänge. Nichts war mehr so wie vorher. Ich war an die zweite Stelle gerückt. Yara liebte Florian.

«Und er? Bekommt er auch Herzklopfen, wenn du in der Nähe bist?» Ich wagte kaum zu atmen, um Yara nicht zu veranlassen, ihren Kopf von meiner Schulter zu nehmen.

«Ich bin mir fast sicher», flüsterte Yara, und es klang so froh und glücklich, wie ich sie nie reden gehört hatte.

Ich fühlte einen Stich in meinem Herzen.

«Ja dann,… dann werdet ihr das wohl machen. Glückwunsch.»

«Ich fühle mich so leicht. Jetzt bist du dran. Was wolltest du mir sagen?»

«Ich? Gar nichts», log ich.

«Du hast mich extra hergebeten. Ich dachte, es sei wichtig.»

«Wollte nur wieder mal mit dir quatschen. Haben wir lange nicht gemacht.» Mein Herz krampfte sich erneut schmerzhaft zusammen.

«Ich bin so froh, dass du meine beste Freundin bist und ich dir alles erzählen kann», sagte Yara und legte ihren Arm um meine Schulter.

Mir wurde heiß und kalt zugleich. *Verdammt*, dachte ich. *Ich muss scharf aufpassen, dass ich mich nicht verrate.*

«Mir ist auch was aufgefallen», sagte Yara und lachte. Und ihr Lachen klang so hell wie eine Weihnachtsglocke. «Ingo hat verstärktes Interesse an dir gezeigt. Hast du es nicht bemerkt?»

«Ach, wirklich? Ist mir nicht aufgefallen», seufzte ich und genoss die Nähe der Freundin, bevor ich mich endgültig von meinem Traum verabschieden musste.

Kapitel 23

Florian ging mit Yara. Das war sonnenklar. Die Beiden machten bald kein Geheimnis mehr daraus. Widerlich, wie sie sich in der Öffentlichkeit befummelten und abknutschten. Ich fühlte mich verraten und litt still vor mich hin. Selbst Ingo konnte nichts daran ändern. Seine Haare waren inzwischen gewachsen. Das stand ihm wirklich gut. Ich musste anerkennen, dass er nicht übel aussah. Auch hatte ich kapiert, dass in ihm ein guter Kern steckte, den man nur herauskitzeln musste. Zwar war er nicht der hellste Stern am Himmel, aber treu schien er zu sein, und er stand auf mich. Obwohl ich ihm wiederholt erklärte, dass ich kein Interesse an ihm hatte, gab er nicht auf, sondern verfolgte hartnäckig sein Ziel, das da hieß: mich irgendwann abzuschleppen, wie ich es nenne.

«Habe ich die Pest? Wenn nein, warum schneidest du mich?», fragte er mich.

«Das verstehst du nicht, Kleiner», seufzte ich.

Aber Ingo verstand sehr gut. Er war der Einzige, der überhaupt verstand, was mich bedrückte. «Ich weiß, du bist in Yara verknallt!», wiederholte er. «und auf Flori bist du eifersüchtig.»

Treffer. Ich lief rot an.

«Mensch. Dann biste ja ´ne verdammte Lesbe.»

«Halt den Mund, sonst schneide ich dir deinen ...»

«Sieh dich bloß vor», warnte Ingo. «Ich bin nicht so dämlich, wie du denkst.»

«Wehe, du sagst irgendwas, weder zu Sascha noch zu Flori und schon gar nicht zu Yara», warnte ich. «Ich bin mir nicht sicher, vielleicht stimmt es ja, was du sagst.» Ich wurde immer leiser, ein Zeichen meiner Unsicherheit.

Ingo lief im Dreieck. «Und ich dachte ...»

«Was dachtest du? Dass ich auf dich scharf bin?»

«Vielleicht. Zumindest nicht, dass du vom andern Ufer bist.»

«Und wenn schon? Was wäre so schlimm daran?»

«Nichts. Wenn ich's mir überlege, nichts. Aber du hast Pech. Da ist wohl nichts zu machen, für dich nicht und für mich wohl auch nicht. Yara steht total auf Flori, und was mich betrifft, ich steh' total auf dich.»

«Hast Recht. Ist für uns beide schlecht, fürchte ich.»

Ich wusste nur, dass Lesben Frauen sind, die andere Frauen lieben, also das eigene Geschlecht. Was in einer Lesbe vorging, wusste ich nicht. Ich wusste eigentlich gar nichts, nicht einmal, ob ich selbst lesbisch war oder nicht. Ich wusste nur eins: Ich fühlte mich auf eine Art zu Yara hingezogen, die mir Angst machte. Nie hatte ich bis jetzt für einen anderen Menschen so empfunden. Wenn ich Yara zusammen mit Flori sah, bekam ich Stiche. Es mussten wohl Herzstiche sein, denn sie traten im linken Brustbereich auf. Vielleicht war ich eifersüchtig, konnte schon sein, vielleicht aber auch nicht. Ich wollte herausfinden, was in mir vorging. Diese Gefühle, die neu und unbekannt waren und mir Schmerzen bereiteten, stießen mich ab und zogen mich gleichzeitig an. Es freute mich, in dieser Weise an einen anderen Menschen zu denken.

Yara gefiel mir. Manchmal träumte ich sogar von ihr, und in diesen Träumen hatten wir Sex miteinander. Ich fürchtete mich jedoch davor, die Freundin zu verlieren, wenn ich mich ihr anvertraute. Und nun kannte dieser dämliche Ingo mein Geheimnis. Er hing seit einiger Zeit wie Spucke an mir. Ich hatte schon geahnt, dass er mehr von mir wollte als nur Freundschaft, aber dass er so sensibel war und als einziger mein Geheimnis herausfand, das hätte ich ihm nicht zugetraut. Wieder hatte mich mein Gefühl betrogen.

«Wenn uns´re Chancen so schlecht stehen, meine und deine, könnten wir uns doch zusammentun. Wollen wir ins Kino gehen? Im Astra spielen sie einen neuen Actionfilm. Ich meine nur so zum Trost», brachte Ingo fast schüchtern heraus.

«Wer sagt, dass ich auf Actionfilme stehe? Und wer sagt, dass ich von dir getröstet werden will? Du willst nur deine Chance nutzen und näher an mich herankommen. Was habe ich davon? Du hättest erreicht, was du willst, und ich wäre weiter von meinem Traum entfernt als zuvor. Ich glaub´, ich muss kotzen!», war meine Antwort.

Mich widerte Ingos unterwürfiges Verhalten an. Das war doch sonst nicht sein Ding.

Natürlich ging ich nicht mit ihm ins Kino.

Stattdessen vergrub ich mich in meiner Höhle. Ich wollte weder jemanden sehen, noch hören. Ich legte ein paar gute Scheiben auf und zog die Bettdecke über beide Ohren.

Doch soviel ich auch versuchte, mich abzulenken, immer hämmerte es in mir drinnen: «Yara, Yara», und noch einmal «Yara.»

Schließlich dämmerte ich in einen unruhigen Schlaf. Natürlich träumte ich von Yara.

Yara und ich lagen am Strand. Unsere Körper waren heiß von der Sonne und heiß vor Verlangen nacheinander. Wir kühlten uns im kalten Wasser ab. Wir küssten uns, nicht wie zwei gute Freundinnen, sondern heiß und innig, mit Zungenschlag. Yara hatte so weiche Haut. Es war ein tolles Gefühl, darüber zu streichen. Irgendwann gingen wir nach Hause, eng umschlungen, Händchen haltend. Sie kam mit nach oben zu mir und übernachtete bei mir. Unsere nackten Körper klebten wie zwei Magnete aneinander, wie Plus und Minus.

Am nächsten Morgen schämte ich mich für den Traum. Sonst schäme ich mich nie. Wovor auch? Was ich tue, ist meine Sache. Und ein erotischer Traum ließ sich nicht beeinflussen, oder?

«Florian hat mich gestern nach Hause gebracht», beichtete mir Yara am nächsten Tag, als sie mich besuchte. Sie saß auf meiner Couch, nicht mehr am Rand, wie zu Anfang unserer Begegnung, sondern voll in der Mitte und sah zum Anbeißen aus. Ihre Kleidung hatte sich seit einigen Wochen um Klassen gebessert. Sie trug eine hautenge Jeans, die an einigen Stellen Löcher zeigte, die mit Spitzenstoff unterlegt waren. Das sah so süß aus, und es betonte ihre filigrane Gestalt. Obenherum trug sie eine halb durchsichtige Bluse. Sie hätte auch einen Sack tragen können. Sie sah so wunderschön aus, dass ich sie am liebsten an mich gepresst und geküsst hätte.

«Aha», sagte ich stattdessen und drehte mich zur Seite, um nicht gleich loszuheulen. Dann straffte ich mich, wandte mich wieder ihr zu und sagte: «Na, war's wenigstens schön?»

Der Unterton in meiner Stimme blieb ihr nicht verborgen und gab ihr zu denken.

«Was ist? Du bist so komisch.»

Ach ja? Ich bin komisch?, dachte ich, *kein Wunder, du hast unsere Freundschaft verraten.*

«Warum sagst du nichts?» Yara legte ihren Arm um meine Schulter, wie sie das schon oft getan hatte, aber jetzt war es anders. Es war der Arm einer jungen Frau, die nicht mich, sondern jemand anderen liebte. Sie kam mir so nah, dass mich ihr Geruch um den Verstand brachte. Der Druck ihres Arms ließ mich erschauern.

«Yara», schrie ich und riss sie an mich.

«Was tust du?»

Ich konnte nicht mitansehen, wie sich ihre Pupillen vor Schreck weiteten. Schnell ließ ich sie wieder los.

«Ich glaube, du musst jetzt gehen», sagte ich mit rauer Stimme.

«Was ist mit dir? Was hast du?»

Ich konnte nicht antworten. Wollte nur, dass sie ging, bevor ich sie küsste und alles um mich herum vergaß. Ich wollte sie nicht als Freundin verlieren, nicht alles kaputt machen.

Ihre Freundschaft war mir wichtiger als meine Liebe zu ihr.

«Frag nicht», quetschte ich zwischen den Zähnen hervor. Ich kann dir nichts sagen, noch nicht und vielleicht auch nie.»

Yara stand auf, sah mich an, als sähe sie mich heute zum ersten Mal und sagte: «Ich erkenne dich nicht wieder. Willst du mir nicht sagen, was dich bedrückt? Du machst mir Angst.»

«Es ist besser, du gehst», murmelte ich und schob sie zur Tür hinaus.

Kapitel 24

War ich nun lesbisch oder war ich es nicht? Ich wusste es nicht. Auf jeden Fall hatte ich ein Geheimnis, das nur einer kannte – Ingo. Ausgerechnet Ingo.

Ich machte mich im Netz schlau. Dort las ich, dass fast alle jungen Mädchen irgendwann romantische Gefühle für ihre beste Freundin empfinden und dass das noch lange kein Indiz dafür ist, dass sie lesbisch sind. Na super. Jetzt war ich genauso schlau wie vorher. Ob ich Mama davon erzählen sollte? Ich teilte doch fast alles mit ihr? Nicht jedes Mädchen hat so eine Mutter wie ich. Nein, jetzt noch nicht. Vielleicht irgendwann, aber nicht jetzt. Hatte ich Angst davor, dass Mama entsetzt ist, wenn sie erfährt, wie meine sexuelle Orientierung ist? Nein, keine Angst. Ich wollte nur keine schlafenden Hunde wecken. Erst musste ich sicher sein.

Ich schaute in Onlineforen, danach unter Beratungsstellen im Netz nach. Ich erfuhr, dass Sexualität viel mit Selbstwertgefühl zu tun hat und nicht nur Geschlechtsverkehr betrifft, sondern auch geistig, seelisch und sozial wirkt und stark von Familie und Gesellschaft abhängt. Neu war mir das nicht. Ich hoffte, etwas darüber zu finden, wie sich eine sexuelle Orientierung offenbart. Aber die Wissenschaft scheint auf diesem Gebiet noch in den Kinderschuhen zu stecken.

Man weiß nicht genau, welche Faktoren bei der Herausbildung der sexuellen Orientierung zusammenwirken. Sicher ist jedoch, dass niemand dazu erzogen oder verführt werden kann und dass sie schon im frühen Kindesalter ein unbestimmtes Gefühl ist. Ich las, dass sich bis zu einem Alter von 15 Jahren 40% aller Jugendlichen homosexuell verhalten, 30% nur gelegentlich und 10% dauerhaft. Also verhielt sich fast jeder zweite Jugendliche so wie ich. Das war mir neu.

Wenn man sich sicher ist, dass man homosexuell ist, folgt das «Coming out», las ich. «Coming out» bedeutet, dass man sich einem guten Freund oder einer guten Freundin anvertraut, später auch den Eltern. Ich wollte auf jeden Fall abwarten und erst Mal nichts sagen. Vielleicht hatte ich mich ja geirrt.

Kapitel 25

Ich dachte an das, was Ingo anfangs Yara nachgebrüllt hatte: «Dein Typ ist hier nicht gefragt.»

Sollte ich lesbisch sein, war auch ich in einigen Staaten der Erde nicht willkommen. Das erinnerte mich an Yaras Anfangszeit hier in Deutschland. In manchen Ländern Afrikas und der arabischen Welt wird gleichgeschlechtliche Liebe mit Haft bestraft. Zehn Jahre oder lebenslänglich sind keine Seltenheit. In einigen Ländern steht sogar die Todesstrafe darauf.

In Europa und Amerika ist Homosexualität nicht strafbar. Das heißt nicht, dass man vor Diskriminierung gefeit ist. Schon immer waren Schwule und Lesben Anfeindungen von Seiten ihrer Umwelt ausgesetzt. Manchmal ist es sogar verboten, Filme zu zeigen oder Lieder zu singen, die mit Homosexualität zu tun haben. Das Thema wird oft totgeschwiegen. In Russland hat man die Gesetze zurzeit wieder dahingehend verschärft.

Viele Prominente haben durch ihr Coming Out Diskussionen für mehr Toleranz angeregt. Es wird jedoch noch einige Zeit dauern, bis die Bevölkerung soweit ist, zu akzeptieren, dass die Sexualität eines Menschen seine Privatsache ist.

Ich bin ein direkter Mensch. Doppelmoral liegt mir nicht. Ich überlegte ernsthaft, ob ich mich jemandem mitteilen sollte, obwohl ich mir nicht sicher war, noch nicht. *Meine Mutter,* dachte ich, *wäre die geeignete Person dafür.*

Es sollten aber noch Wochen vergehen, bis ich mich dazu entschloss. Yara und ich gingen in der Zwischenzeit auf Distanz, worunter wir beide litten. Ich verstand nicht, warum sie fast ihre gesamte Freizeit mit Florian verbrachte. Sie sprach mich mehrmals darauf an, was mit mir los sei, ich wäre ihr plötzlich fremd und hätte mich total verändert. Vor Weihnachten war es dann soweit. Ich hielt die Spannung nicht mehr aus.

«Du Mama», begann ich. «Ich glaube, ich bin lesbisch.

Meiner Mutter fiel weder die Kaffeetasse aus der Hand, die sie gerade gebrüht hatte, noch schaute sie mich mit schreckgeweiteten Augen entsetzt an. Sie sagte einfach ganz sachlich und ohne jeden Unterton in der Stimme: «Wie kommst du darauf?»

«Ich bin in Yara verliebt und zwar schon lange», sagte ich und ließ mich auf den Stuhl in der Küche fallen.

Unsere Küche ist seit Jahren der gemütliche Treffpunkt unserer Familie, wenn nicht gerade Besuch kommt und wir uns an den großen Tisch ins Wohnzimmer setzen.

Mama setzte sich auch. Sie führte ihre Tasse zum Mund, trank einen Schluck, stellte sie auf dem Tisch ab und griff nach meiner Hand.

«Viele Mädchen sind in ihre Freundinnen verliebt. Das ist in deinem Alter ganz natürlich und noch lange kein Beweis dafür, dass du lesbisch bist.»

Mir gefiel das Gespräch. Es nahm einen besseren Verlauf, als ich gedacht hatte. Mama sagte mir zwar nichts Neues, ich spürte aber, dass sie sich ernsthafte Gedanken machte und versuchte, eine Erklärung für mein Verhalten zu finden.

«Ich weiß», seufzte ich mehr zu mir selbst. «Bei mir kommen aber noch andere Dinge hinzu.»

«Und welche?» Sie hielt meine Hand noch immer fest.

«Ich habe kein Interesse an Jungen. Ich mag sie nur als Kumpel. Ich schaue hübschen Mädchen hinterher. Und das tue ich schon, so lange ich denken kann.»

«Okay, das können, müssen aber nicht Indizien für eine Homosexualität sein. Und wenn es so ist? Was ist dabei? Ich kann damit genauso leben als würdest du mir einen jungen Mann als Partner vorstellen.

Eins glaube ich aber wirklich nicht. Dass du Yara liebst. Yara hat dir vielleicht deine sexuelle Orientierung deutlich gemacht. Bei manchen Menschen ist es die Freundin, manchmal die Lehrerin. Du magst sie als Freundin, vielleicht bewunderst, verehrst du sie, findest sie hübsch, atemberaubend. Vielleicht macht sie dich auch nervös und dein Herz schlägt schneller in ihrer Gegenwart. Der enge Kontakt mit ihr fördert das noch. Da kann man schon mal ins Schwärmen kommen. Das ist weiter nichts als eine Verliebtheit unter Teenagern. Du wirst in deinem Leben noch auf viele Menschen treffen, die dich faszinieren. Nur wenige Menschen werden dabei sein, die du wirklich liebst und von denen du wiedergeliebt wirst.» Sie lächelte. «Bei mir ist es sogar nur ein Mensch: Dein Vater.»

Jedes Mal, wenn ich mit Mama spreche, lösen sich meine Probleme in Luft auf. Alles hört sich so logisch an, was sie sagt.

«Meinst du, ich soll mit Yara reden?», fragte ich.

«Auf jeden Fall. Sie macht sich sicher schon ihre eigenen Gedanken. Du hast dich ihr gegenüber in letzter Zeit merkwürdig verhalten, wie du mir sagtest. Soll sie denken, du willst von ihr und eurer Freundschaft nichts mehr wissen? Sage ihr, dass du eifersüchtig auf Florian bist und dir wünschst, dass sie mehr Zeit mit dir verbringt. Wenn du willst, kannst du auch über deine Sorgen und Befürchtungen sprechen. Du weißt, Freunde sind dafür da, sich alles zu sagen, was sie bedrückt. Yara wird es zu schätzen wissen. Vielleicht geht es ihr ähnlich wie dir. Vielleicht hat auch sie schon bemerkt, dass sie dich in letzter Zeit vernachlässigt hat und will nicht, dass eure Freundschaft unter ihrer Liebe zu Florian leidet.»

«So habe ich das noch nicht gesehen. Du hast Recht, Mama.»

Ich küsste und umarmte sie. Meine Mutter ist und bleibt die beste Mutter auf der Welt.

Kapitel 26

«Ja, es stimmt. Ich habe mich in letzter Zeit von dir zurückgezogen. Aber Florian hat nicht die ganze Schuld», sagte Yara. «Du warst so komisch. Ich traute mich manchmal nicht, dich anzusprechen.»

«Ich war wütend auf Florian, wütend auf dich, wütend auf die ganze Welt. Eigentlich war ich auf jeden eifersüchtig, der dir zu nahe kam», sagte ich.

Yara saß neben mir auf meinem Bett mit einer Cola, an der sie ab und zu nuckelte. Ich hatte auch eine in der Hand. Yara ahnte nichts von dem, was in meinem Kopf vorging. Sie benahm sich ganz natürlich, so wie immer.

Wenn Florian nicht bei ihr ist, habe ich ihre ganze Aufmerksamkeit. Wieder kam es in mir hoch. Die Wut darüber, dass ich sie mit Florian teilen musste, kochte wie heiße Suppe in mir drinnen.

«Tut mir leid», sagte sie. «Aber ich verspreche, dass ich mich bessere. Ich hatte gehofft, dass du in Ingo verknallt bist und wir mal zu viert was unternehmen könnten. Du hast sicher mitbekommen, dass er total auf dich steht. Aber er interessiert dich leider nicht. Auch gut. Dann reservieren wir Mädels uns einen Tag in der Woche nur für uns allein.»

Ich freute mich, aber trotzdem musste ich

ihr sagen, was ich auf dem Herzen hatte. Mama hatte Recht. Freunde teilen ihre Geheimnisse miteinander. Wenn sie es nicht tun, sind sie keine wahren Freunde. Wenn du einem Freund nicht mitteilen willst, wie es in dir drinnen aussieht, zweifelst du in Wirklichkeit an seiner Freundschaft. Einem Freund kannst du alles anvertrauen.

Es muss raus, jetzt oder nie, dachte ich.

«Es liegt nicht an Ingo. Mich interessiert auch kein anderer Junge», sagte ich. «Ich glaube, ich stehe auf Mädchen.»

«Wirklich? Bist du sicher?»

«Nicht ganz, aber ich denke schon.»

«Okay, das ist neu für mich, daran muss ich mich erst gewöhnen.»

Sie sagte das nicht angewidert oder gar entsetzt, nur verwundert.

«Ich glaube, ich habe mich dir gegenüber so blöd benommen, weil ich dachte, ich bin in dich verliebt», erklärte ich.

«Dann ist mir so manches klar, deine Reaktion auf Florian, deine Eifersucht. Und sag': Wolltest du mich einmal küssen, als wir auf deinem Bett saßen?»

«Ja, ganz schön blöde, was? Meine Mutter hat mir erklärt, dass fast alle Mädchen für ihre Freundinnen schwärmen. Ihr ging es damals genauso. Sie war total in eine Klassenkameradin verknallt. Jetzt glaube ich, dass es mit mir und dir so ähnlich gewesen ist. Du bist meine beste Freundin, und ich möchte dich nicht verlieren, aber meine Partnerin oder meinen Partner werde ich wohl noch suchen müssen.»

«Soll ich dir was beichten?», fragte Yara. «Als ich Florian noch nicht kannte, war ich auch ein bisschen in dich verschossen.»

Wir lachten und fielen uns in die Arme.

Es war schön, aber ich hatte nicht mehr den Eindruck, dass ich in sie verknallt war, dass ich sie liebte schon, aber wie eine gute Freundin, nicht mehr und nicht weniger. Ich war froh, dass das geklärt war.

Kapitel 27

Yara macht in der Schule neuerdings den Mund auf. Ihre Beiträge bereichern immer öfter den Unterricht. Die Werkin findet kaum Worte vor Begeisterung. Sie ist schnell zu begeistern, aber hier ist es berechtigt. In jedem Fach steht Yara Eins, bis auf Sport. Ich bin auch gut, muss aber neidlos anerkennen, dass Yara besser ist. Mobbing ist kein Thema mehr. Die Klasse hat sie voll akzeptiert. Hat ja auch lange gedauert.

An meine Schnauze reicht sie trotzdem nicht heran. Die ist die Größte. In Diskussionen mache ich jeden platt, deshalb möchte ich auch Journalistin werden, wie meine Mutter. Sie ist mein großes Vorbild. Yara will Ärztin werden, wie ihr Vater.

Sie ist noch immer mit Florian zusammen. Inzwischen habe ich mich mit ihm abgefunden. Ist nicht der Schlechteste. Die Beiden passen gut zueinander. Yara hat begriffen, dass sie unsere Freundschaft pflegen muss. Wir machen einmal pro Woche einen Mädelsabend.

Ingo und Sascha sind ebenfalls noch ein Pärchen, aber eher wie Batman und Robin, Bud Spencer und Terence Hill oder C3PO und R2D2.

Ich bin zurzeit noch die einsame Wölfin in unserer Gruppe. Vielleicht bleibe ich das auch, wer weiß das schon? Vielleicht finde ich aber irgendwann einen Partner oder eine Partnerin, der oder die zu mir passt. Eins weiß ich jedoch mit Bestimmtheit: Meine Freunde sind mir teuer, die möchte ich auf keinen Fall missen. Und sie würden mich ebenfalls nicht im Stich lassen. Auf keinen Fall.

Meine beste Freundin ist und bleibt Yara. Ich fühle mich von ihr verstanden. Seit sie entdeckt hat, dass sie einen Mund besitzt, sagt sie mir immer öfter ihre Meinung, auch wenn ich diese nicht hören will. Wir sprechen darüber und finden einen Kompromiss. Wenn mir an ihr was nicht passt oder ich glaube, dass sie auf dem besten Wege ist, einen Fehler zu machen, tue ich das gleiche. Freundinnen sind dafür da, sich gegenseitig Rat zu geben und auch den Rat der Anderen anzunehmen.

Ansonsten kichern und kuscheln wir. Wir stecken die Köpfe zusammen, flüstern und lästern über die Jungen, genauso wie über die Mädchen, diskutieren über Politik und Mode. Eben wie echte Mädels das tun. Meine kleinen und großen Geheimnisse sind gut bei ihr aufgehoben.

«Freundschaft, das ist eine Seele in zwei Körpern», sagte einmal Aristoteles, der im vierten Jahrhundert vor Christus gelebt hat. Haben wir in der Geschichtsstunde gelernt. Manchmal ist die Werkin gar nicht so übel.

Wie konnte dieser Mann damals schon wissen, was mich heute bewegt? Selbst wenn es mit Florian und Yara mal auseinandergehen sollte. Die Freundschaft zwischen Yara und mir überdauert ihre Liebe, davon bin ich fest überzeugt. Echte Freunde sind rar, aber wenn man einen gefunden hat, sollte man ihn festhalten.

Das Leben ist schön. Ich habe eine Freundin, die von weit herkommt und meinen Horizont erweitert hat, die mich versteht und bedingungslos akzeptiert, wie ich bin. Ich habe Eltern, die mir meinen Weg gezeigt haben, mich aber im richtigen Augenblick losgelassen haben, damit ich ihn allein gehen kann, denn es ist mein Weg, nicht ihrer. Ich habe drei gute Kumpels, deren Manieren etwas zu wünschen übrig lassen, die stur und engstirnig sein können, aber ehrliche Kerle sind.

Was brauche ich mehr?

Ich bin froh, dass ich in einem Rechtsstaat aufwachse.

Nehmen wir an, es käme eine Fee. Nicht, dass ich an Feen glaube, nur mal rein hypothetisch. Und sie würde mir einen Wunsch gewähren. Was würde ich mir wünschen?

Ich habe lange darüber nachgedacht und meine Wünsche immer wieder verworfen, weil sie meines Erachtens nicht wichtig waren. Seit ich Yara kenne, gibt es nur einen Wunsch für mich: Ich wünschte mir, dass die Menschen auf dem gesamten Erdball die Bedeutung des Wortes «Krieg» vergessen, und die, die schreiben können, sollten auch vergessen, wie es geschrieben wird.

Der Duden nennt solche vergessenen Wörter Archaismen. Ich habe es nachgeschlagen. Es sind Wörter, mit denen keiner heute mehr etwas anfangen kann, die nicht mehr aktuell sind.

Erst wenn das Wort «Krieg» ein Archaismus ist, gibt es keine Kriege mehr, denn niemand, keine einzige Person, wird dann überhaupt noch wissen, was mit dem Wort «Krieg» gemeint ist.

Vita

Maria Hertting, in Berlin geboren und auch hier lebend, arbeitete viele Jahre als Lehrerin für Biologie und Chemie an einer Gesamtschule. Sie begleitete Schüler und Schülerinnen bis zum Abitur, zog zwei leibliche Kinder groß und adoptierte nach dem Tode ihres Mannes im Jahre 2004 ein drittes Kind, ihren damals vier Tage alten Sohn.

Kindern galt von jeher ihre Liebe. «Kinder und Uhren soll man nicht ständig aufziehen. Man muss sie auch gehen lassen.» Dieses Zitat des Lyrikers Jean-Paul hat sie tief beeindruckt und sie immer wieder ermahnt, dass Kinder keine kleinen Erwachsenen sind, sondern Raum brauchen, sich zu entfalten.

Nach dem Erziehungsurlaub reduzierte sie schrittweise ihre Arbeitszeit und gab ihren Beruf schließlich vor zwei Jahren auf. Seitdem widmet sie sich nur noch ihrem Sohn und ihrer zweiten Liebe, der Schriftstellerei.

Schon in ihrer Kindheit schrieb sie Gedichte und Geschichten. Im November 2013 wurde ihr erster Roman «F6103» veröffentlicht. Es folgten Gedichte und Kurzgeschichten in diversen Anthologien. Im Schweitzerhaus Verlag erschien Ende März 2014 die Kurzgeschichte «Kleine feste Schneebälle treffen besser» in der Kurzgeschichtensammlung «Nichts als Lügen». «Mein Freund vom Stern Iso'Oktarus», ein Kinder- und Jugendroman erschien im Mai 2014 ebenfalls im Schweitzerhaus Verlag. Mit dem Jugendroman «Dein Typ ist hier nicht gefragt», beleuchtet die Autorin den Syrienkonflikt von der Seite der Jugendlichen.

www.mariahertting.de

Claudia Marquardt, Jahrgang 1984, in Berlin geboren, entdeckte schon früh ihre Liebe für die Kunst und zeichnet seit ihrer Kindheit.

Vor vier Jahren hat sie ihr Studium in Japanologie und Buisiness Management abgeschlossen. Seitdem arbeitet sie in einem großen Pharmakonzern.

Maria Hertting

Mein Freund vom Stern Iso´Oktarus

Eine Reise durch Raum und Zeit

SV Fantasy

Mein Freund vom Stern Iso´Oktarus

Eine phantastische Reise durch Raum und Zeit

Ist es Ihnen schon einmal so ergangen, dass Sie nicht wussten, ob Ihre Phantasie Ihnen einen Streich spielt oder ob das Abenteuer, das Sie gerade erleben, wirklich stattfindet? Genauso ergeht es Christopher. An einem trüben Novembertag, als er sich mal wieder so richtig mies fühlt, passiert etwas, das sein ganzes bisheriges Leben auf den Kopf stellt. Ein Lichtwesen von einem anderen Stern sucht Kontakt zu ihm, sein Name: Uraxis. Mit ihm erlebt Chris unglaubliche Abenteuer.

Auch in der Schule wächst der Druck, und zu Hause fühlt er sich nicht wirklich angenommen. Kurzerhand verschwindet er mit Uraxis in eine andere Welt, in die der Lichtenergie. Er sieht die Erde und die Menschen nun in einem anderen Licht.

Wenn der Leser wissen will, ob Christopher wieder nach Hause findet, sollte er sich diese spannende Lektüre gönnen und sich zurücklehnen und lesen.

Zu beziehen ist das Buch in allen Buchhandlungen, Onlineshops und im Schweitzerhaus Verlag, Lindlar.

Name:	Mein Freund vom Stern Iso´Oktarus
Autor:	Maria Hertting
ISBN:	978-3-86332-026-3
Preis:	12,50 EUR
Ausstattung:	Softcover
Größe:	12,4 x 19,2 cm
Seiten:	248